SCIENCE FICTION

Herausgegeben
von Wolfgang Jeschke

Von STAR TREK – STARFLEET KADETTEN
erschienen in der Reihe
HEYNE SCIENCE FICTION & FANTASY:

John Vornholt, *Star Trek Generationen* · 06/6501
Peter David, *Worfs erstes Abenteuer* · 06/6502
Peter David, *Mission auf Dantar* · 06/6503
Peter David, *Überleben* · 06/6504 (in Vorb.)
Brad Strickland, *Das Sternengespenst* · 06/6505 (in Vorb.)
Brad Strickland, *In den Wüsten von Bajor* · 06/6506 (in Vorb.)
John Peel, *Freiheitskämpfer* · 06/6507 (in Vorb.)
Mel Gilden & Ted Pedersen, *Das Schoßtierchen* ·
  06/6508 (in Vorb.)
John Vornholt, *Erobert die Flagge* · 06/6509 (in Vorb.)
V. E. Mitchell, *Die Atlantis Station* · 06/6510 (in Vorb.)
Michael Jan Friedman, *Die verschwundene Besatzung* ·
  06/6511 (in Vorb.)

PETER DAVID

MISSION AUF DANTAR

Star Trek®
Starfleet Kadetten
Band 3

Deutsche Erstausgabe

WILHELM HEYNE VERLAG
MÜNCHEN

HEYNE SCIENCE FICTION & FANTASY
Band 06/6503

Titel der amerikanischen Originalausgabe
STARFLEET ACADEMY # 2
LINE OF FIRE
Übersetzung aus dem Amerikanischen von
UWE ANTON

Redaktion: Rainer Michael Rahn
Copyright (c) 1993 by Paramount Pictures
Die Erstausgabe erschien bei Pocket Books,
a division of Simon & Schuster, Inc., New York
Copyright (c) 1995 der deutschen Ausgabe und der Übersetzung
by Wilhelm Heyne Verlag GmbH & Co. KG, München
Umschlagbild: Catherine Huerta
Innenillustrationen: James Fry
Umschlaggestaltung: Atelier Ingrid Schütz, München
Technische Betreuung: M. Spinola
Satz: Schaber Satz- und Datentechnik, Wels
Druck und Bindung: Ebner Ulm

ISBN 3-453-09052-7

*Für Debbie Shepperson,
klingonische Babysitterin*

STARFLEET-ZEITTAFEL

2264 Beginn der Fünfjahresmission der *USS Enterprise NCC-1701* unter Captain Kirk.

2292 Die Allianz zwischen dem Klingonischen Imperium und dem Romulanischen Reich zerbricht.

2293 Colonel Worf, Großvater von Worf Rozhenko, verteidigt Captain Kirk und Doktor McCoy bei ihrem Prozeß wegen Mordes am klingonischen Kanzler Gorkon.
Friedenskonferenz zwischen dem Klingonischen Imperium und der Föderation auf Khitomer [Star Trek VI].

2323 Jean-Luc Picard beginnt die vierjährige Ausbildung an der Starfleet-Akademie.

2328 Das Cardassianische Imperium annektiert Bajor.

2341 Data beginnt die Ausbildung an der Starfleet-Akademie.

2342 Beverly Crusher (geb. Howard) beginnt die achtjährige Ausbildung an der Medizinischen Fakultät der Starfleet-Akademie.

2346 Massaker der Romulaner auf dem klingonischen Außenposten Khitomer.

2351 Die Cardassianer erbauen im Orbit um Bajor eine Raumstation, die sie später aufgeben werden.

2353 William T. Riker und Geordi LaForge beginnen die Ausbildung an der Starfleet-Akademie.

2354 Deanna Troi beginnt die Ausbildung an der Starfleet-Akademie.

2356 Tasha Yar beginnt die Ausbildung an der Starfleet-Akademie.

2357 Worf Rozhenko beginnt die Ausbildung an der Starfleet-Akademie.

2363 Captain Jean-Luc Picard tritt das Kommando über die *USS Enterprise*, NCC-1701-D an.

2367 Wesley Crusher beginnt die Ausbildung an der Starfleet-Akademie.
Zwischen den Cardassianern und der Föderation wird ein unsicherer Waffenstillstand geschlossen.
Angriff der Borg im Sektor Wolf 359; unter den Überlebenden sind Lieutenant Commander Benjamin Sisko, Erster Offizier der *Saratoga*, und sein Sohn Jake.
Die *USS Enterprise-D* besiegt das Schiff der Borg im Erdorbit.

2369 Commander Benjamin Sisko tritt das Kommando über Deep Space Nine im Orbit von Bajor an.

Quelle: *Star Trek Chronology* von Michael und Denise Okuda

1

»*Hinter dir!*«

Die beiden Kadetten der Starfleet-Akademie riefen gleichzeitig dieselbe Warnung. Nur einen winzigen Augenblick lang stand Verwirrung auf ihren Gesichtern geschrieben, dann begriffen sie abrupt, daß jeder den anderen vor einer unmittelbaren Gefahr gewarnt hatte.

Demzufolge wirbelten beide herum, bevor die sich torkelnd nähernden zendorianischen Krieger nah genug herankommen konnten, um ihnen Schaden zuzufügen. Die beiden Zendorianer – behelmt, riesengroß, haarig und nicht gerade für ihre Reinlichkeit berühmt – schrien herausfordernd auf.

Der Himmel über ihnen war von einem grellen Rot, und die glühendheiße Sonne hatte den Boden schon vor Äonen hartgebacken. Die Luft war dünn und unbewegt. Kein Geräusch war zu hören – bis auf das Keuchen der Kämpfer, die sich über das Plateau bewegten.

Kadett Worf warf sich auf den schroffen Boden und versetzte dem Oberschenkel des ihm näheren Zendorianers einen Schlag. Das Geschöpf brüllte auf, sank auf ein Knie nieder, und Worf nutzte die Gelegenheit. Er schloß eine Hand um das dicke Haar des Zendorianers und zerrte ihn so heftig wie möglich zu Boden. Um das Maß vollzumachen – und auf Nummer Sicher zu gehen – versetzte er dem Hinterkopf des Zendorianers noch einen Schlag, und Worfs riesiger Widersacher bewegte sich nicht mehr.

Worf fuhr herum und sah, daß sein Partner, Zak Kebron, noch immer mit seinem Gegenspieler beschäftigt war. Zak war ein Brikar, so stark wie Worf (nach Zaks Meinung stärker), aber etwas langsamer (nach Worfs Meinung wesentlich langsamer) und mit einer dicken Haut ausgestattet (was auch für seine Persönlichkeit galt, und in dieser Hinsicht stimmten beide überein).

Zak mußte schlimme Prügel einstecken. Der Zendorianer war unbewaffnet, denn Zendorianer waren der Ansicht, es zeuge von Schwäche, mit etwas anderem als den bloßen Fäusten auf einen Gegner einzuschlagen. Ein wahrer Krieger, so dachten sie, benötigt keine Hilfe, um einen Gegner zu besiegen.

Zaks harte Haut erzitterte kaum unter der Wucht der Schläge seines Gegners. Kebron erwiderte die Schläge genauso heftig und wich um keinen Zentimeter zurück.

Der Zendorianer setzte zu einem Rundumschlag an, und Zak duckte sich unter ihm hinweg. Das brachte den Zendorianer leicht aus dem Gleichgewicht, und Zak nutzte diese Gelegenheit, um durch seine Deckung vorzustoßen und ihm einen Schlag gegen das Kinn zu versetzen. Der Kopf des Zendorianers schnappte zurück, und Zak schlug sofort noch einmal zu. Die schnelle Schlagfolge erzielte schließlich Wirkung. Der Zendorianer warf sich mit einem letzten trotzigen Aufschrei vorwärts und stürzte mit solcher Wucht, daß der Boden erzitterte.

Worf und Zak Kebron standen leicht vorgebeugt einen Augenblick lang da, stützten die Hände auf die Oberschenkel und atmeten schneller, um die Hitze auszugleichen.

»Das war völlig überflüssig«, brachte Worf schließlich über die Lippen.

Zak sah ihn mißtrauisch an. »Was meinst du?«

»Wir haben die Zendorianer im Selbstverteidigungskurs studiert. Wir wußten von ihrer Schwachstelle. Genau hier«, sagte Worf und deutete auf seinen Oberschenkel; dorthin hatte er dem Zendorianer den Schlag versetzt. »Warum hast du für einen sinnlosen Kampf so viel Zeit aufgewendet?«

»Für einen *sinnlosen* Kampf?« Kebron konnte nicht fassen, daß Worf dieses Wort benutzt hatte. »Daran war nichts sinnlos. Ich habe bewiesen, wer der Stärkere ist.«

»Das war nicht unser Ziel!« sagte Worf verärgert. »Unser Ziel war es, den Feind schnell und wirksam zu besiegen.«

»Du stellst dir deine Aufgaben, Worf«, erwiderte Zak, »und ich stelle mir meine.« Er hob die Stimme etwas und sagte: »Ende der Simulation.«

Auf der Stelle verschwand die dürre, trockene Welt, und mit ihr die beiden bewußtlosen Zendorianer. Sie wurde von den schwarzen Wänden und dem gelben Netzwerk sich schneidender Linien eines Holo-Raums ersetzt.

»Wir sollten ein und dasselbe Ziel haben, Zak«, polterte Worf, als sie zur Tür hinausgingen und einen der Hauptkorridore der Akademie betraten. »Das Ziel ist das Überleben und nicht das Prahlen damit, wieviel wir körperlich aushalten können. Wenn du den Zendorianer schneller und wirksamer hättest ausschalten können, hättest du es tun sollen.«

»Es war eine Übung, Worf, ein Training, mehr nicht«, sagte Zak und machte keinen Versuch, seine

Ungeduld zu verbergen. »Und wenn wir beide im Training gegen zwei von ihnen antreten, können wir uns ruhig etwas zusätzliche Trainingseinheiten verschaffen.«

»Und was, wenn es nicht bei diesen beiden geblieben wäre?« wandte Worf ein. »Zendorianer sind dafür bekannt, daß sie unterirdische Verstecke anlegen. Ein Dutzend von ihnen hätte direkt unter unseren Füßen lauern können. Hätten weitere Zendorianer angegriffen, wärest du dir ziemlich töricht vorgekommen, wertvolle Zeit mit einem Gegner zu verschwenden, den du doppelt so schnell hättest besiegen können.«

»Worf«, seufzte Kebron, »du hast es wirklich drauf, einem an allem den Spaß zu nehmen.«

»Das stimmt nicht«, erwiderte der Klingone. »Einen positiven Aspekt sehe ich in diesem Kampf.«

»Ach?«

»Ja. Vor einem Jahr hätten wir beide uns nicht vor einer drohenden Gefahr gewarnt.«

Zak lächelte daraufhin tatsächlich. Worf hatte natürlich recht. Ihr erstes Jahr an der Akademie hatte noch härter angefangen, als Kebrons Haut es war. Zaks Volk haßte die Klingonen schon seit langer Zeit, und dieser Haß war nicht ausgelöscht worden, nur weil die Klingonen nun Verbündete der Föderation waren. Also waren Kebrons Vorurteile gegen die Klingonen völlig intakt gewesen, als er an der Akademie eintraf.

Worf hingegen war den Großteil seines Lebens unter Menschen aufgewachsen und oft Feindseligkeiten ausgesetzt gewesen, nur weil er ein Klingone war. Also hatte er sich ständig angegriffen gefühlt, als er auf der Akademie eingetroffen war. Als er und Kebron sich das erste Mal gesehen hatten, hatte es Sekunden später Faustschläge gehagelt. Die Verwaltung der Starfleet-Akademie hatte sich entschlossen, das Problem zu lösen, indem sie Worf und Zak ein gemeinsames Zimmer zugewiesen hatte. Anfangs hatte es den Anschein gehabt, als wäre diese Idee gleichermaßen lächerlich wie auch in höchstem Maß gefährlich.

Doch mit der Zeit hatten die beiden ihre Differenzen beilegen, wenn auch nicht vollständig ausräumen können. Zum Teil, weil sie so viel Zeit miteinander verbringen mußten. Und zum Teil, weil die Kadetten während einer anderen Übung der Ansicht gewesen waren, ihr Leben sei tatsächlich in Gefahr. Sie waren überzeugt gewesen, die Prometheus-Station wäre ihnen während eines Angriffs von Romulanern buchstäblich um die Ohren geflogen. Und als alles hoffnungslos erschien, hatte Worf versucht, Kebrons Leben zu retten, obwohl er selbst bereits den Tod vor Augen sah. Später hatten sie zwar erfahren, daß alles nur eine holographische Illusion gewesen war, doch das hatte Worfs Tapferkeit in Zaks Augen nicht geschmälert.

Sie respektierten sich nun und mochten sich sogar. Sie verabscheuten es einfach nur, dies einzugestehen.

Als Worf und Kebron ihr Zimmer betraten, stritten sie noch immer, doch dann verstummten sie abrupt.

Soleta wartete auf sie.

Soleta, eine Vulkanierin, war eine ihrer Studienkolleginnen. Da sie genauso ruhig und logisch wie alle anderen Angehörigen ihrer Spezies war, zählte sie auf dem Gebiet der Wissenschaft zu den besten ihres Jahrgangs. Diese akademische Überlegenheit konnte man durchaus auf die Studiengruppe zurückführen, die sie mit mehreren anderen hervorragenden Studenten gegründet hatte. Zwei davon waren Mark McHenry, der etwas zerstreute, aber blitzschnelle Spezialist für Astronavigation, und Tania Tobias, eine hingebungsvolle und entschlossene Technikerin. Worf und Zak Kebron – der mittlerweile der Gruppe angehörte – wollten eine Laufbahn im Sicherheitsdienst einschlagen und zählten beide nicht zur absoluten Spitze, was die wissenschaftlichen Fächer angingen. Daß sie der Studiengruppe angehörten, hatte ihnen geholfen, sich im oberen Drittel ihres Jahrgangs zu etablieren, und bei Kampfeinsätzen hatten Worf und Zak sich mittlerweile zu einem fast unschlagbaren Team entwickelt.

Dieses beeindruckende Aufgebot geistiger und körperlicher Fähigkeiten der Gruppe war auf der Akademie nicht unbemerkt geblieben, und man hatte ihnen den Spitznamen ›Dream Team‹ verliehen. Insbesondere Soleta sah in solchen Spitznamen nur wenig Sinn, doch die anderen waren damit schnell warm geworden, und schließlich hatte auch die Vulkanierin die Bezeichnung akzeptiert.

Trotzdem sah es Soleta gar nicht ähnlich, irgendwo unangemeldet zu erscheinen. Sie nahm es in dieser Hinsicht sehr genau und schien ihr Leben mindestens eine Woche im voraus zu planen. Also wußten Worf und Zak augenblicklich, daß etwas Außergewöhnliches geschehen sein mußte.

»Soleta...« Worf ließ die Frage unausgesprochen.

»Ich habe gerade die Benachrichtigung bekommen«, sagte sie. Sie erhob sich von dem Stuhl und trat über einige Gegenstände hinweg, die auf dem Boden lagen. »Wir sind einem Einsatz auf einem anderen Planeten zugeteilt worden.«

Zak und Worf sahen sich an. Beiden ging derselbe Gedanke durch den Kopf, doch Soleta beruhigte sie sofort wieder. »Diesmal ist es kein Schwindel«, sagte sie scharf.

»Weißt du das genau?« fragte Worf vorsichtig. Wenn ein Klingone erst einmal auf der Hut war, ließ er sich nicht so leicht von seinem Argwohn abbringen. Und Klingonen waren fast von dem Augenblick an auf der Hut, in dem sie ihren ersten Atemzug taten.

»Ja, ich weiß es genau. Wir sollen auf einer Kolonie als Verbindungsoffiziere fungieren. Die Umstände sind ziemlich einzigartig, und der Verwaltungsrat der Akademie ist – so hat man mir gesagt – der Ansicht, daß wir wegen der ziemlich einzigartigen Zusammensetzung des Dream Teams am besten für die Mission geeignet sind.«

»Ich kann mir nicht vorstellen«, sagte Zak, der nicht minder skeptisch als Worf war, »daß die Zusammensetzung unserer Gruppe – so hervorragende Studenten wir auch sein mögen – uns irgendeinen Vorteil gegenüber einer regulären Raumschiffbesatzung gibt.«

»Oder jemandem aus dem diplomatischen Korps«, pflichtete Worf ihm bei. »Oder auch nur einer Gruppe von Studenten im vierten Jahr, wenn sie darauf bestehen, daß jemand von der Akademie an der Mission teilnimmt.«

Soleta zog eine Braue hoch. »Spekulationen sind sinnlos, meine Herren. Wir treffen uns heute um dreizehn Uhr mit Professor Alexander Trump. Es ist nur logisch, daß wir dann erfahren werden, wieso wir ausgewählt wurden. Doch der Grund dafür scheint mir völlig klar zu sein.«

Worf und Zak sahen sie verdutzt an. »Würdest du uns das vielleicht erklären?« fragte Zak.

»Wir haben etwas, das kein Raumschiff, kein Diplomatenteam und keine andere Gruppe an der Akademie hat. Meine Herren, wir haben einen Klingonen.«

»Weißt du«, sagte Zak nach einem Augenblick, »sie hat recht. Ich hatte es ganz vergessen. Du bist Klingone.«

»Darauf macht man mich gelegentlich aufmerksam«, erwiderte Worf ernst.

2

Professor Alexander Trump hatte, bevor er zur Akademie gekommen war, im Verlauf seiner langen Karriere Tausende und aber Tausende von Lichtjahren zurückgelegt. Und es hatte den Anschein, daß sich jedes einzelne davon in sein Gesicht geätzt hatte.

Man bezeichnete Trump gelegentlich – hinter seinem Rücken – als Mann im Mond. Dies rührte daher, daß sein Antlitz dermaßen von Linien und Kratern gefurcht war, daß es eine gewisse Ähnlichkeit mit dem legendären Bewohner dieses Himmelskörpers hatte. Er war nicht besonders alt, trug seine Erfahrung aber mit gewichtigem Ernst. Sein Haar war grau, kurz und stopplig. Seine Augen waren ebenfalls grau und schienen nichts von dem zu übersehen, was in seiner Nähe geschah. Er sprach fließend dreißig Sprachen, vom Englischen, Vulkanischen und Klingonischen bis hin zum Interlak und sogar einer bizarren Form des Pidgin-Orionesischen.

Doch nach einer langen und erfolgreichen Karriere hatte Trump lauthals verkündet, es sei an der Zeit für ihn, es etwas ruhiger angehen zu lassen. Dementsprechend hatte er einen Lehrauftrag an der Akademie akzeptiert und bemühte sich nun, seinen Studenten die Theorien der Xenosoziologie und Diplomatie beizubringen. Er hatte sich jedoch für weitere gelegentliche Missionen im All zur Verfügung gestellt. Mehr noch, er hatte sogar darauf beharrt. »Wenn ich nicht mindestens einmal pro Jahr wieder hinausgehe«, hatte er seinen Vorgesetzten gesagt, »verliere ich meinen Biß.«

Jemand, der Trump kannte, konnte sich kaum vorstellen, daß er je den Biß verlieren würde, denn seine Persönlichkeit war nicht nur durchaus gefestigt, sondern geradezu hart wie Feuerstein. Aber er flößte seinen Vorgesetzten so viel Respekt ein, daß sie sich bemühten, ihm in etwa jährlichen Abständen einen Ausflug zu gönnen.

Worf hatte Trump noch nie gesehen, denn der Professor hielt lediglich Seminare und Vorlesung für Studenten im dritten und vierten Jahr. Er war jedoch unwillkürlich von der Aura der Macht beeindruckt, die der Mann auszustrahlen schien.

Trump schien stets zu blinzeln, und als er nun Worf, Zak, Tania, Soleta und Mark betrachtete, die um seinen Schreibtisch saßen, kniff er die Augen noch enger zusammen. »Also«, sagte er mit einer Stimme, die so ledrig klang, wie sein Gesicht es war, »ihr seid das Dream Team. Wer von euch hat das Kommando?«

Sie sahen einander an. Diese Frage hatte man ihnen noch nie gestellt.

»Wir sind alle gleichberechtigt, Sir«, sagte Worf nach einem Augenblick.

»Natürlich seid ihr das«, entgegnete Trump und lehnte sich in seinem Stuhl zurück. »Aber bei diesem kleinen Abenteuer wird Mr. Worf als Captain des Teams dienen, und Mr. Soleta wird der Erste Offizier sein. Sind Sie alle damit einverstanden?«

Soleta, Tania und Worf nickten. McHenry wirkte, was die anderen kaum überraschte, wie üblich zerstreut und musterte plötzlich gedankenverloren eine bestimmte Stelle der Wand. Trump bemerkte es und sah ihn fragend an, doch Soleta machte eine Handbewegung, die zu besagen schien: *Machen Sie sich nichts daraus. Er ist immer so.*

Wie es vorherzusehen war, grunzte Zak lediglich.

»Sir, darf ich fragen, worum genau es sich bei diesem ›kleinen Abenteuer‹ handelt?« sagte Tania.

Trump verschränkte die Finger ineinander. »Meine Damen und Herren, Sie werden mich nach Dantar IV begleiten.«

»Natürlich«, sagte Soleta und klang tatsächlich etwas verärgert über sich selbst. »Das war die einzig logische Schlußfolgerung.«

Die anderen schauten verblüfft drein. »Du bist mit ›Dantar IV‹ vertraut?« fragte Worf.

»Warum überrascht mich das nicht?« sagte Zak. »Wenn jemand darüber Bescheid weiß, dann Soleta.«

»Überraschend an dieser Angelegenheit ist nicht, daß ich informiert bin, Mr. Kebron«, sagte Soleta, »sondern, daß Sie es *nicht* sind.«

»Um Ihr Gefühl zu schonen«, sagte Trump, der von dem Wortwechsel der Studenten nicht besonders beeindruckt zu sein schien, »werde ich es Ihnen erklären. Dantar IV ist eine Kolonie, die von der Föderation und den Klingonen gemeinsam geführt wird. Es hat schon einige Versuche gegeben, Personal der Klingonen und der Föderation auf ein und demselben Planeten zu stationieren. Doch in diesen Fällen ist es immer so gewesen, daß beide Gruppen etwa gleichzeitig auf dem Planeten gelandet sind, sich angestarrt, etwas geknurrt und dann lautstark erklärt haben, daß keine von ihnen sich zurückziehen wird. Das waren weniger gemeinsame Unternehmungen als solche nach dem Motto: Wenn du mich nicht umbringst, bringe ich dich auch nicht um.

Aber auf Dantar IV ist die Lage völlig anders. Dantar ist eine Art Testfall. Von Anfang an wurde dieses Projekt als gemeinsames Unternehmen von Kolonisierungsgruppen der Klingonen und der Föderation angelegt. Alles wurde genau aufgeteilt. Jede Gruppe verfügt über die gleiche Anzahl von Kolonisten, nämlich einhundertunddreiundsiebzig.«

»Wie ist man auf diese Zahl gekommen?« fragte Tania.

»Ein Kompromiß«, sagte Trump. »Eins werden Sie in Ihrem Leben immer wieder herausfinden... Wenn etwas völlig Unerklärliches geschehen ist, ist normalerweise ein Komitee zusammengetreten und hat eine Übereinkunft geschaffen, die alle zufriedenstellt und keinem gefällt. Dantar IV ist nicht die gastfreundlichste Welt. Der Planet ist heiß – heiß wie Hades. Das allein genügt schon, um zu bewirken, daß die meisten Kolonisten im allgemeinen nicht gerade besonders freundlich gestimmt sind. Hinzu kommt die Tatsache, daß die Kolonie aus dreihundertundsechsundvierzig Personen besteht, die von frühester Kindheit an zu einer Antipathie gegen die andere Spezies erzogen worden sind. Sie haben schwer damit zu kämpfen, diese angeborene Feindseligkeit zu überwinden.«

»Aber es gelingt ihnen wahrscheinlich nicht«, sagte Kebron und warf Worf einen Blick zu. »Glauben Sie mir«, fuhr er fort, »ich weiß, wie schwer das sein kann.«

»Dessen bin ich mir bewußt, Mr. Kebron«, sagte Trump. »Ich habe Ihre Akten gelesen.« Er deutete auf Worf. »Sogar alle Akten, die es über Sie gibt«, fügte er dann hinzu. »Wegen der einzigartigen Zusammensetzung Ihrer Gruppe hat man mich darauf hingewiesen, daß Sie die ideale Gruppe sind, um mich nach Dantar IV zu begleiten. Schließlich ist es ja nicht gerade üblich, daß Klingonen in Starfleet dienen.«

Soleta warf Worf und Zak einen triumphierenden Blick zu – wenngleich ihre natürliche Zurückhaltung bewirkte, daß sie sich augenblicklich wieder zügelte. Aber Worf runzelte die Stirn noch finsterer, als es bei ihm üblich war. »Ich kann nicht behaupten, Sir, daß diese Situation mir besonders gefällt.«

Die anderen sahen ihn überrascht an. »Ist dem so, Mr. Worf?« fragte Trump ruhig.

»Ich bin nicht der Ansicht, daß bei der Auswahl der Teilnehmer einer Mission deren Spezieszugehörigkeit eine Rolle spielen sollte«, fuhr Worf fort. »Fähigkeiten und Erfahrung sollten die einzigen Kriterien sein.«

»Ich verstehe.« Trump dachte kurz darüber nach. »Das ist eine sehr anständige und ehrenhafte Einstellung, Mr. Worf.« Und dann fügte er hinzu: »Und eine furchtbar dumme.«

»Sir...?«

»Die Galaxis ist ein schroffer Ort, Mr. Worf. Weiß Gott, wir haben Fortschritte gemacht. Gewaltige Fortschritte. Aber sie ist noch immer voller Streit und Feindseligkeit. Wollen wir uns damit befassen, sind wir dazu verpflichtet, auf jeden Trick, jeden Kniff, jeden Vorteil zurückzugreifen, der uns zur Verfügung steht. Wenn es um wissenschaftliche

Überlegenheit geht, setzten wir sie ein. Wenn es auf geistreiche Einfälle, geschickte Hände oder kluge Gedanken ankommt, greifen wir auch darauf zurück. Und wenn wir die Umstände Ihrer Geburt zufällig zu unserem Vorteil ausnutzen können, werden wir dies tun. Es ist ein Werkzeug, Mr. Worf. Starfleet ist ein Werkzeug. Raumschiffe sind Werkzeuge. Und daß Sie Klingone sind, ist ebenfalls ein Werkzeug, das sich in nichts von den anderen unterscheidet. Der einzige Unterschied ist, daß Sie ein übermäßig empfindliches Werkzeug sind. Ich schlage vor, daß Sie diese Einstellung augenblicklich aufgeben. Sie wird Ihnen allen nicht im geringsten zum Vorteil gereichen. Falls Sie im Weltraum überleben wollen, Mr. Worf – und das gilt übrigens für Sie alle –, sind Sie gut beraten, alles einzusetzen, was Ihnen zur Verfügung steht, einschließlich des Musters Ihrer DNS-Struktur. Denn Sie werden das alles und noch einiges mehr brauchen. Haben wir uns verstanden?«

»Ja, Sir«, sagte Worf. Alle anderen nickten.

»Gut.« Er lehnte sich zurück und verschränkte erneut die Finger. »Nach unserer Ankunft auf Dantar IV erwarten uns zahlreiche Aufgaben. Wir werden die verschiedenen Prozeduren überprüfen und uns vergewissern, daß sie fehlerfrei laufen. Wir werden«, und er lächelte schwach, »die Stimme der Vernunft sein, die hoffentlich sämtliche Feindseligkeiten und nicht ausgeräumte Dispute beilegt, die in den letzten paar Monaten entstanden sein mögen. Denn Sie müssen wissen, daß die Berichte, die wir von den Anführern der Kolonie bekommen haben – Berichte, die das Klingonische Imperium ebenfalls erhalten hat, wie ich hinzufügen möchte –,

keinen Zweifel daran lassen, daß sie Schwierigkeiten haben, den Frieden zu bewahren.«

»Haben sie einen Schlichter verlangt?«

Trump kicherte. »Bitte, Mr. Soleta. Kolonisten sind viel zu stolz, um um Hilfe zu bitten, obwohl sie sie nicht ablehnen werden, wenn man sie ihnen anbietet. Nein, im letzten Bericht steht...« Er warf einen Blick auf seinen Computerbildschirm. »›Die Feindseligkeiten haben sich dermaßen ausgeweitet, daß es unmöglich scheint, sie beizulegen, außer mit Hilfe von Schlichtern von außen.‹ Das ist die deutlichste Umschreibung eines Hilfeersuchens, die wir von ihnen bekommen werden. Der Föderation ist dies ziemlich klar. Wahrscheinlich ist es auch den Klingonen klar, aber niemand kann natürlich vorhersagen, wie sie reagieren werden.« Er lehnte sich wieder zurück. »Kurz und knapp gesagt, Kadetten, Sie werden auf den Gebieten, auf die Sie sich spezialisiert haben, die benötigte Hilfe anbieten.«

»Sir, wie beschlagen auch immer wir auf diesen Gebieten sein mögen«, warf Tania ein, »gibt es doch sicherlich Angehörige von Starfleet, die weit mehr Erfahrung haben.«

Trump schaute ungläubig drein. »Wissen Sie, entweder sind Sie die bescheidensten Kadetten, die ich je gesehen habe, oder Sie sind die argwöhnischsten.« Er kniff die Augen zusammen. »Oh. Natürlich. Natürlich sind Sie argwöhnisch. Sie suchen nach dem Haken. Sie glauben, dies könnte ein weiterer Prometheus-Testlauf sein.«

Sie rutschten unbehaglich auf ihren Stühlen hin und her. »Das ist uns in den Sinn gekommen«, gestand Zak ein.

Der Professor schüttelte den Kopf. »Wissen Sie,

ich liege seit Jahren wegen solcher Tricks mit dem Verwaltungsrat der Akademie im Streit. Einerseits wollen die hohen Tiere Sie auf Trab halten; andererseits wollen sie Ihre Sicherheit nicht gefährden, besonders nicht am Anfang. Also lassen sie sich solche Tricks wie mit dieser Raumstation einfallen, die in einem Holo-Szenario angegriffen wird. Ich kann Ihnen wegen Ihres Argwohns wohl keine Vorwürfe machen. Ich kann Ihnen nur eins sagen: Das ist kein Trick. Das ist kein Test. Das ist eine echte Mission. Ein Auftrag, für den Sie ausgebildet worden sind. Mit allem Verständnis für Mr. Worfs Besorgnis gestehe ich Ihnen offen ein: Er hat recht. Die Mischung aus Ihrem gemeinschaftlichen Erfolg und seiner Herkunft hat Sie dafür empfohlen, bei dieser diplomatischen Mission als meine Verstärkung zu fungieren. Und um ganz ehrlich zu sein... die Tatsache, daß Sie noch keine vollwertigen Angehörigen von Starfleet sind, trug auch dazu bei. So mißtrauisch die Föderationskolonisten gegenüber den Klingonen und umgekehrt sein mögen... beide Gruppen bringen Starfleet eine gemeinsame Antipathie entgegen. Nennen Sie es ein Überbleibsel aus einer längst vergangenen Zeit, als Organisationen, die Starfleet ähneln, militärischer Natur waren und alles unter dem Aspekt gesehen haben: ›Wie können wir diese Erfindung in eine Waffe verwandeln, um eine weitere Möglichkeit zu haben, die menschliche Rasse vom Antlitz der Erde zu fegen?‹« Er schüttelte den Kopf. »So viel Argwohn – und noch schlimmer, so viele verständliche Gründe dafür. Das ist eindeutig ein Problem.«

Und dann wurde seine Stimme ganz hart. »Die

Frage, meine Damen und Herren, lautet: Wollen Sie ein Teil des Problems oder ein Teil der Lösung sein?«

Der Erste Offizier sah den Captain an. Der Captain nickte.

»Wann brechen wir auf, Sir?« fragte Soleta.

3

Das Raumschiff *Repulse* glitt durch die Weite des Alls. Worf saß in der Bug-Lounge und sah zu den vorbeiziehenden Sternen hinaus. Sie kamen ihm wie in die Länge gezogene Nadelköpfe aus Licht vor. Es war eine bemerkenswerte Erfahrung, auf einem Schiff zu sein, das das Vakuum so leicht durchschnitt, wie ein scharfes Messer die Kehle eines Feindes aufschlitzen konnte...

Er schüttelte den Kopf. Er war an Bord eines Raumschiffs und arbeitete auf eine Zukunft als Angehöriger von Starfleet hin, und trotzdem benutzte er Metaphern, die sich auf Vernichtung und Tod konzentrierten. Um ein wahrer Starfleet-Offizier zu werden, dachte er, ist eindeutig mehr erforderlich als nur gute Zensuren. Dazu mußte man seine Gedankengänge völlig neu ordnen.

Dieser Tag in Trumps Büro kam ihm nun wie eine sehr ferne Erinnerung vor, obwohl er noch gar nicht so lange zurücklag. Alle verbliebenen Zweifel über die Wahrhaftigkeit ihres neuen Auftrags waren vergangen, als sie aus dem Langstrecken-Shuttle in den Transporterraum der *Repulse* gebeamt worden waren. Tania hatte Worf anvertraut, sie bilde sich ein, tatsächlich das Pulsieren der Triebwerke des riesigen Raumschiffes unter ihren Füßen spüren zu können, wenn sie über die Decks ging.

Seit sie das Schiff betreten hatten, hatte er nicht mehr viel von Tania gesehen. Und auch nicht von seinen anderen Freunden. Sie hatten das Schiff durchwandert und vom Bug bis zum Heck erkundet. Bestenfalls hatten sie sich auf den Gängen zugewunken oder gelegentlich eine Mahlzeit zusammen eingenommen.

Dies gab Worf die Gelegenheit, über die Zukunft des Dream Teams nachzudenken. Worf kam zum überraschenden Schluß, daß er, wann immer er sich seine Zukunft bei Starfleet vorgestellt hatte, davon ausgegangen war, daß alle Mitglieder seiner Studiengruppe mit ihm auf ein und dasselbe Schiff versetzt werden würden. Tania würde auf dem Maschinendeck arbeiten, Soleta als Wissenschaftsoffizier, er und Zak als Angehörige der Sicherheitsabteilung und Mac als Navigator.

Doch die letzte Vorstellung machte Worf etwas nervös. Obwohl er Mark ›Mac‹ McHenry und seine erstaunlichen Fähigkeiten mittlerweile kannte, kam ihm der Junge gelegentlich noch immer überaus seltsam vor.

Mac war als einziges anderes Mitglied des Dream Teams in diesem Augenblick in der Bug-Lounge anwesend. Er saß jedoch nicht neben Worf, sondern mit vier Besatzungsmitgliedern der *Repulse* an einem Tisch in einer Ecke. Sie hielten Spielkarten in den Händen, und Worf hörte, daß ein Besatzungsmitglied Mac die Feinheiten des Pokerns erklärte. Mac befand sich ausnahmsweise einmal nicht in seinem verträumt-zerstreuten Zustand. Er wirkte völlig konzentriert, nickte und verstand eindeutig alles, was der ältere Offizier ihm erklärte. Die anderen Offiziere lächelten und stießen sich verstohlen an.

Worf schüttelte den Kopf. »Narren«, murmelte er.

»Wer ist ein Narr?« fragte eine Stimme hinter ihm.

Worf drehte sich um und sah das lächelnde Gesicht des Schiffskommandanten. Augenblicklich sprang er auf.

»Captain Taggert«, polterte Worf mit einem ehrerbietigen Nicken.

»Bitte, bitte, Mr. ... Worf, nicht wahr?«

Worf nickte, und Taggert fuhr fort: »Nehmen Sie wieder Platz. Haben Sie etwas dagegen, wenn ich mich zu Ihnen setze?«

»Es wäre mir eine Ehre!«

Taggert nickte und nahm ihm gegenüber Platz. Sein Gesichtsausdruck war freundlich und nachdenklich. Sein Haar wurde allmählich grau, doch sein Bart war noch völlig schwarz und dem Zahn der Zeit gegenüber anscheinend nicht so anfällig wie sein Haupthaar. »Also«, sagte er und zeigte auf die Pokerrunde, »hat es den Anschein, daß Ihr Studienkollege in schlechte Gesellschaft geraten ist.«

»Sir...?« Worf sah zu den Pokerspielern hinüber und grübelte darüber nach, wieso es sich bei diesen Offizieren um irgendwelche Schurken handeln sollte.

»Sie haben jemanden gefunden, dem sie das Fell über die Ohren ziehen können, Mr. Worf«, sagte Taggert. »Ihr Mr. McHenry kommt einem manchmal... wie soll ich es ausdrücken?«

»Unfähig vor?« sagte Worf.

»Ich bezweifle, daß ich diesen krassen Begriff benutzt hätte, aber ja, diesen Eindruck habe ich. Er scheint einer der sonderbareren Kadetten zu sein, die auf der *Repulse* weilen.«

Worf sah wieder zu den Kartenspielern. Mac sah

sein Blatt nicht einmal an. Er hielt einen Chip hoch und betrachtete eindringlich und konzentriert, wie das Licht von ihm reflektiert wurde.

»Ja, seltsam«, gestand Worf ein. »Und ich weiß, er scheint unfähig zu sein. Aber Mr. McHenry wird das Spiel gewinnen, Captain.«

»Sie scherzen. Glauben Sie mir, Mr. Worf, ich schätze meine Offiziere sehr, aber ich mache mir keine Illusionen über die Gnade, die sie einem unerfahrenen Kartenspieler erweisen werden. Diese Haie werden ihn mit Haut und Haaren fressen.«

»Mit allem gebührenden Respekt, Sir, Sie irren sich«, sagte Worf ruhig.

Taggert zuckte mit den Achseln. »Wir werden ja sehen.«

Sie schwiegen einen Augenblick lang. »Was halten Sie also von der *Repulse*, Mr. Worf?«

»Sie ist das großartigste Schiff, das ich je gesehen habe«, sagte Worf geradeheraus. »Sie gereicht Ihnen zur Ehre. Mein Vater hat oft von solchen Schiffen gesprochen, doch seine Beschreibungen kommen der Wirklichkeit nur entfernt nah.«

»Sie ist eine Schönheit«, sagte Taggert zufrieden. »Gerade vom Stapel gelaufen. Ich bin ihr erster Captain. Es ist ein unglaubliches Gefühl, und wie so oft, wenn es um Starfleet und die Erkundung des Weltraums geht, können Worte es nur unzureichend beschreiben. Und sie hat eine gute Mannschaft.«

»Ja, Sir.«

Worfs kurze und bündige Antwort rief bei Taggert ein Stirnrunzeln hervor. »Sie können diese Behauptung nicht bestätigen?«

»Sie scheint ihre Pflichten... kompetent und gescheit zu erfüllen.«

»Aber...?«

Worf schaute zu seinem Glas hinab und machte in dem Inhalt sein Spiegelbild aus. »Habe ich die Erlaubnis, frei zu sprechen, Sir?«

»Interessant.« Taggert lächelte. »Die meisten Kadetten, denen ich begegnet bin, lächeln und nicken und sagen alles, von dem sie glauben, daß der Captain es hören will. Und Sie möchten mir etwas so Unangenehmes sagen, daß Sie sich vorher gegen den Vorwurf der Insubordination absichern müssen.«

Worf schwieg.

»Nun gut, Mr. Worf. Sagen Sie, was Sie auf dem Herzen haben. Hat eins meiner Mannschaftsmitglieder Ihnen Schwierigkeiten gemacht?«

»Nein, Sir«, sagte Worf und senkte erneut den Kopf. »Doch die Besatzung bringt mir ständig ein entschiedenes Gefühl des... Unbehagens entgegen. Ich nehme oft eine... wie soll ich es ausdrücken... verzögerte Reaktion wahr. Die Leute sehen einen Klingonen, und dann sehen sie die Uniform, und sie müssen noch mal hinschauen, weil sie Schwierigkeiten haben, beides in Einklang zu bringen.«

»Und das verärgert Sie?«

Worf seufzte. »Ich finde es enttäuschend. Als ich frisch an der Akademie war, waren mir zahlreiche Studienkollegen feindselig gesonnen. Ich hatte gedacht, Starfleet-Offiziere würden anders reagieren, das ist alles.«

Taggert runzelte die Stirn. »War jemand unhöflich zu Ihnen? Hat jemand gesagt, Sie verdienten es nicht, die Uniform eines Starfleet-Kadetten zu tragen?«

»Nein, Sir.«

»Sie waren nur überrascht, Sie zu sehen.«
»Ja, Sir.«
Taggert lachte. Worf war angesichts der Reaktion des Captains etwas überrascht.

»Mr. Worf, einen Augenblick lang habe ich mir tatsächlich Sorgen gemacht.«
»Sir ...?«
»Angenommen, Mr. Worf, Ihnen käme ein Trupp Klingonen entgegen... mit Silber und schwarzem Leder bekleidet, und so wild, wie Krieger der Klingonen manchmal sein können... und mitten unter ihnen wäre ein blonder, hellhäutiger Mensch... wie sähe dann Ihre Reaktion aus? Ich meine, denken Sie genau darüber nach: ein Mensch, wie ein Klingone gekleidet, der perfekt Klingonisch spricht, aber einen Kopf kleiner und etwa einhundert Pfund leichter als seine Kollegen ist?«

»Das käme mir ... seltsam vor«, gestand Worf ein.

»Gelinde ausgedrückt«, pflichtete Taggert ihm bei. »Dann seien Sie auch nicht überrascht, wenn die Mannschaft zweimal hinsieht, daß ihnen auf dem Gang ein großer, junger Klingone in der Uniform eines Kadetten begegnet. Das ist ganz einfach ein ungewöhnlicher Anblick. Daß man an der Starfleet-Akademie studiert hat, verhindert nicht, daß man gelegentlich überrascht sein kann. Das Studium zwingt einen jedoch, sich mit diesen Überraschungen abzufinden. Verstanden?«

Worf nickte. Zumindest fing er langsam zu verstehen an.

»Wenn nun jemand etwas sagt oder tut, mit dem er ausdrückt, daß Sie ihm nicht willkommen sind ... nun, das wäre eine ganz andere Geschichte. Solch ein Verhalten kann man bei einem Starfleet-Offizier ganz einfach nicht tolerieren. Aber darüber hinaus ... nun, Sie müssen sich wohl damit abfinden, daß sich jede Menge Köpfe zu dem ersten Klingonen umdrehen werden, der die Starfleet-Akademie besucht. Und wissen Sie was? Sollen sie Sie doch anstarren. Daß man auffällt, kann manchmal sehr wertvoll für eine Beförderung sein. Wenn man sowieso schon auf Sie achtet und Sie dann noch eine überdurchschnittliche Leistung bringen, kann dies nur positive Folgen für Sie haben. Oder?«

»Ja, Sir. Ich glaube ... Sie haben recht.«

»Natürlich habe ich recht«, sagte Taggert. »Ich bin der Captain.« Er seufzte und sah zu den Sternen hinaus. »Wissen Sie, Mr. Worf, ich bin erleichtert, daß dieser destruktive Konflikt zwischen dem Klingonischen Imperium und der Föderation endlich beendet wurde. Es war ein langer Weg von der

Konferenz von Khitomer bis hin zu den Umständen, die bewirkt haben, daß Sie nun hier in der Bug-Lounge der *Repulse* sitzen.«

»Warum sind Sie ›erleichtert‹, Sir?«

»Weil es sowieso schon schwierig genug ist, die Galaxis zu durchqueren, und weil die Klingonen eins der mächtigsten Völker sind, denen ich je begegnet bin. Ich habe eine Tochter, Mr. Worf. Ihr Name ist Ariel. Sie ist auch Angehörige von Starfleet. Ihr gefiel, was ihr alter Herr so tut, und sie entschloß sich, in dessen Fußstapfen zu treten. Ich stelle mir gern vor, daß sie das Kommando der *Repulse* übernimmt, wenn ich einmal abtreten werde.«

»Das wäre möglich, Sir«, sagte Worf.

»Ja, durchaus. Natürlich nicht wahrscheinlich. Aber möglich. Und als Vater möchte ich natürlich, daß für sie alles so sicher wie möglich ist, obwohl der Weltraum natürlich einer der unsichersten Orte überhaupt ist, an denen man sich aufhalten kann. Und wenn sie ihr Raumschiff in einer Galaxis kommandiert, in der die Klingonen unsere Verbündeten und nicht unsere Gegner sind ... nun ja, dann muß ich mir um eine Angelegenheit weniger Sorgen machen. Verstehen Sie das?«

»Ja, Captain. Völlig.«

Erstaunte Schreie und leises Stöhnen drangen an ihre Ohren. Worf und Taggert drehten sich um und sahen zur Quelle der Geräusche: zu dem Tisch, an dem Poker gespielt wurde.

Mac hatte gerade zur Bestürzung und Verwirrung der älteren, erfahreneren Spieler seine Karten aufgedeckt. Sie warfen die ihren wütend auf den Tisch, während Mac die Chips, die im Topf waren,

zu sich hinüberzog. Der Stapel vor ihm hatte gewaltige Ausmaße angenommen.

»Das ist doch nicht zu fassen!« rief eins der Besatzungsmitglieder. »Ich habe meinen Tricorder gesetzt, weil ich sicher war, daß er mein Blatt nicht schlagen kann! Ich liebe diesen Tricorder! Er ist das neueste Modell!«

»Gut«, sagte Mac ruhig. »So einen kann ich gebrauchen.«

Taggert schnappte überrascht nach Luft und sah dann Worf an. »Mr. Worf, ich habe mich anscheinend geirrt«, sagte er. »Ihr Mr. McHenry luchst den besten Pokerspielern der *Repulse* ihr ganzes Geld ab.«

»Wir nennen ihn den ›stillen Killer‹«, entgegnete Worf, obwohl diese Behauptung allerdings etwas übertrieben war. Eigentlich nannten sie ihn normalerweise ›Luftkopf‹, wenngleich Tania darauf bestand, daß dies liebevoll gemeint war.

»Vielleicht sollten Sie mitspielen, Mr. Worf. Stellen Sie sich vor, ein zweiter Kadett macht mit und zieht Ihnen ebenfalls das Fell über die Ohren.«

»Ich kann mich für Kartenspiele nicht begeistern, Sir«, sagte Worf steif. »Spiele sollten die Überlebensfähigkeit eines Kriegers auf die Probe stellen und nicht zum trivialen Zeitvertreib dienen.«

»Machen Sie das Pokern nicht herunter, Mr. Worf. Dabei lernen Sie, wann Sie bluffen, etwas riskieren, wann Sie Ihre Karten behalten und wann Sie aussteigen müssen... und das sind Lektionen, die...«

Taggerts Kommunikator piepste. Er berührte ihn und sagte: »Hier Taggert.«

»Captain, hier spricht Woods. Wir nähern uns

Dantar IV, und die Sensoren haben gerade ein anderes Schiff entdeckt.«

»Identifiziert?«

»Jawohl, Sir. Es ist ein klingonisches Schiff.«

Taggert und Worf wechselten einen Blick, und Taggert erhob sich augenblicklich. »Ich komme sofort, Mr. Woods. Taggert Ende.«

Taggert ging zur Tür, blieb dann aber stehen und drehte sich zu Worf um. »Mr. Worf, waren Sie schon mal auf der Brücke eines Raumschiffs?«

Worf konnte nicht verhindern, daß seine Verblüffung sich auf seinem Gesicht zeigte. »Sir ... hat es etwas damit zu tun, daß wir vielleicht Kontakt zu einem klingonischen Schiff aufnehmen?«

»Natürlich hat es etwas damit zu tun. Wir mögen uns zwar zu einer Allianz zusammengeschlossen haben, Mr. Worf, aber sie ist noch nicht so alt und eingespielt, daß wir jede Vorsicht vergessen dürfen. Außerdem« – und er lächelte – »können wir auf diese Weise feststellen, ob nur das Starfleet-Personal zweimal hinschaut, wenn es einen Klingonen in einer Starfleet-Uniform sieht, oder ob es diesen Charakterzug mit den Klingonen gemeinsam hat.«

4

Der klingonische Kampfkreuzer füllte den Sichtschirm der *Repulse* aus. Worf stand über und rechts von Captain Taggert, der auf seinem Kommandosessel Platz genommen hatte.

Worf war schon einmal auf der Brücke gewesen, als man die Kadetten durch das Schiff geführt hatte. Hier war alles sehr ordentlich und in ruhigen, gedämpften Farben gehalten, die zu einer entspannten Stimmung beitrugen. Entspannt, aber mit einer Unterströmung der Effizienz. Der Kommandosessel befand sich genau in der Mitte. Unmittelbar rechts vom Captain befand sich der Stuhl des Ersten Offiziers Greer, eines aufstrebenden jungen Mannes, der es bereits bis zum stellvertretenden Kommandanten gebracht hatte. Die Navigations- und Operatorstationen befanden sich vorn. Auf dem erhöhten hinteren Teil des Decks, auf dem Worf nun stand und zum Sichtschirm hinüberschaute, befanden sich die technische und die taktische Station.

Das klingonische Schiff sah aus, als starre es sie geradewegs an. Als wolle es ihnen jeden Augenblick an die Kehle gehen.

Worf verspürte einen Anflug von Stolz und Aufregung. Seine Erinnerungen an klingonische Raumschiffe waren so fern und verschwommen, daß sie ihm völlig nutzlos vorkamen. Doch nun sah er ein solches Schiff mit seinen grazilen, geschwungenen Linien leibhaftig vor sich. Er hatte den Eindruck, als würde die gesamte Kraft und Würde des Klingonischen Imperiums von diesem mächtigen Gefährt verkörpert.

Einen winzigen Moment lang stellte Worf sich vor, er stünde nicht auf der Brücke dieses Raumschiffs, sondern auf der eines klingonischen. Wie würde es sein, fragte er sich, wenn er Seite an Seite mit klingonischen Kriegern stünde und das Bild eines Starfleet-Raumers auf dem Sichtschirm betrachtete? Würde er ein Volk, das er kaum kannte, mit Verachtung betrachten, weil er bestimmte Vorstellungen von den Individuen hatte, aus denen die Besatzung eines typischen Starfleet-Schiffs bestand? Dieselben Individuen, die nun seine Gefährten und Kollegen waren... Wäre er Angehöriger des Klingonischen Imperiums, würde er vielleicht an die Überlegenheit aller Klingonen und ihrer Errungenschaften und die Unterlegenheit aller Nicht-Klingonen und derer Errungenschaften glauben.

»Wir empfangen von dem klingonischen Schiff einen Funkspruch«, sagte Lieutenant Topper von der Operatorstation.

»Auf den Schirm«, sagte Taggert und schlug die Beine übereinander. Worf stellte fasziniert fest, daß Taggert einen Eindruck der völligen Selbstsicherheit an den Tag legte. Er nahm die Rolle eines harten, gelassenen Starfleet-Offiziers an, der sein ›Kommando-Gesicht‹ aufsetzte, um sich mit den Schwierigkeiten zu befassen, die vor ihm liegen mochten.

Der Bildschirm flackerte kurz, und dann erschien darauf das stirnrunzelnde Gesicht eines Klingonen.

Die Brücke des klingonischen Schiffes war hinter ihm kaum sichtbar. Im Gegensatz zu der der *Repulse* wirkte sie dunkel und bedrohlich. Das spärliche

Licht verlieh den klingonischen Gesichtern einen geheimnisvollen Eindruck. Der Kontrollsessel des klingonischen Commanders befand sich ebenfalls genau in der Mitte, hing aber an einem Strebebalken, der an der Decke befestigt war. Überall flackerten matte grüne, rote und gelbe Lampen, die einzigen Farbtupfer in einer Umgebung, die hauptsächlich grau und schwarz war. Worf musterte den Commander mit versunkener Aufmerksamkeit. Er war der erste Klingone, den er seit seinem sechsten Lebensjahr sah, und er fühlte, wie ein Schaudern ihn durchlief. Trotz der Obhut und Liebe, die seine menschlichen Eltern ihm hatten zukommen lassen, hatte er das Gefühl der Einsamkeit und Isolation niemals vollständig abschütteln können. In einer Welt, in der er lediglich von Menschen umgeben war, war das bloße Wissen, daß es andere seiner Spezies gab, nur ein geringer Trost. Besonders, wenn ein junger Worf Schwierigkeiten hatte, jemanden in seinem Alter zu finden, der sein Temperament oder seine Auffassung vom Leben hatte.

»Hier spricht Captain Kora vom klingonischen Kreuzer *K'leela*«, sagte der Klingone. »Ich bin...«

Dann hielt er inne und riß vor Erstaunen die Augen auf. Worf wußte, daß Klingonen sich ihre Überraschung nur selten anmerken ließen.

Er sah geradewegs Worf an.

Taggert war sich dessen natürlich bewußt, reagierte aber völlig gelassen. »Ja, Captain?« fragte er.

»*Wer ist das?*« Captain Kora drohte jeden Augenblick seine Fassung zu verlieren.

»Wer ist wer?«

»Sie haben einen Klingonen an Bord Ihres Schiffes! Das ist doch nicht zu fassen!«

Worf wäre in diesem Augenblick äußerst erschüttert gewesen, hätte Taggert die Situation nicht so ruhig gehandhabt. »Ich verstehe nicht ganz, Captain«, sagte er. »Sie haben zahlreiche Klingonen an Bord Ihres Schiffes. Wir haben nur einen an Bord. Das kommt mir doch nicht übertrieben vor.«

»Wer sind Sie?« Die Frage war an Worf gerichtet.

Worf öffnete den Mund, um zu antworten, doch ihm fiel noch rechtzeitig ein, Taggert zuerst mit einem Blick um Erlaubnis zu bitten. Es wäre ein schwerwiegender Bruch des Protokolls gewesen, in der Anwesenheit des eigenen Captains mit dem Kommandanten eines anderen Schiffes zu sprechen. Taggert dachte kurz darüber nach und nickte dann.

»Ich bin Worf«, sagte der Kadett, trat hinab und nahm neben Captain Taggert Aufstellung.

»Worf? Sie sind Worf? Und wer sind Sie darüber hinaus?«

»Worf, Sohn des Mogh.«

»Darüber hinaus ist er ein Starfleet-Kadett und damit meine Sorge«, sagte Taggert, der eindeutig zum Schluß gekommen war, daß dieses Gespräch schon lange genug gewährt hatte. »Genau wie Sie, Captain Kora. Sie haben sich uns genähert und angefunkt, ohne zu wissen, daß ein Klingone auf dieser Brücke steht. Ich vermute, Sie haben mir etwas zu sagen. Also würde ich vorschlagen, Sir, daß Sie sagen, was Sie zu sagen haben, damit wir das Gespräch fortsetzen können.«

Kora gelang es mit einiger Mühe, seine Aufmerksamkeit wieder auf Taggert zu richten. »Ich möchte wissen, ob Sie unterwegs nach Dantar IV sind.«

»Ja.«

»Warum?«

»Ts, ts«, machte Taggert und hob tadelnd einen Finger. »Es gibt keine Vorschrift, Captain Kora, die besagt, daß ich jede einzelne Ihrer Fragen beantworten muß. Sie haben mich nach unserem Ziel gefragt, und ich habe geantwortet. Jetzt stelle ich Ihnen eine Frage: Warum möchten Sie das wissen?«

Kora runzelte die Stirn. Zweifellos dachte er über mehrere mögliche Antworten nach und kam dann zum Schluß, daß Ehrlichkeit die beste Reaktion war. »Wir sind ebenfalls nach Dantar unterwegs«, gestand er ein. »Wir haben gehört, daß es zwischen den Kolonisten zu Feindseligkeiten gekommen ist, und schicken einen Landetrupp auf den Planeten, der die dortigen Umstände untersuchen und jedwede Dispute beilegen soll.«

»Und wie?«

»Fair. Ich gehe davon aus, die Föderation hat keine Einwände dagegen, daß die Dinge so gehandhabt werden.«

»Nicht die geringsten. Genau, wie ich davon ausgehe, daß Sie kein Problem damit haben werden, daß wir ebenfalls ein Team auf den Planeten schikken.«

»Ahh«, sagte Kora. Langsam dämmerte es ihm. »Und Worf hat die Aufgabe, die anwesenden Klingonen von der ›Aufrichtigkeit‹ der Föderation zu überzeugen.«

»Mr. Worf«, berichtigte Taggert, »dient in seiner Eigenschaft als Starfleet-Kadett. Sonst hat er keinerlei Aufgaben, Captain.«

»Und wird Worf als Anführer Ihrer Expedition dienen?«

»Nein, das bleibt einem regulären Botschafter überlassen: Alexander Trump.«

Koras Gesichtsausdruck verriet, daß er den Namen kannte. »Trump. Ich habe von ihm gehört. Ein guter Mann«, fügte Kora fast knirschend hinzu.

»Ich werde ihm ausrichten, was Sie von ihm halten.«

»Nun gut, Captain«, sagte Kora nach einem Augenblick. »Es gibt keinen Grund, weshalb wir nicht wie geplant fortfahren können. Was Dantar IV betrifft, können wir davon ausgehen, daß eine faire Beilegung der Differenzen im Interesse sowohl der Klingonen als auch der Föderation liegt. Meinen Sie nicht auch?«

»Da Sie so gut gesprochen haben«, entgegnete Taggert, »habe ich nichts mehr hinzuzufügen.«

Kora nickte kurz, doch als sein Bild verblich, warf er Worf einen letzten Blick zu. Dem jungen Klingonen war plötzlich sehr unbehaglich zumute.

Der klingonische Kampfkreuzer entfernte sich ein Stück und folgte kurz darauf mit angepaßter Geschwindigkeit der *Repulse*.

»Ihre Meinung, Mr. Worf.«

»Sir?«

Taggert hatte sich auf seinem Stuhl umgedreht und sah den Kadetten an. »Ihre Meinung über die Lage. Haben Sie den Eindruck, daß Captain Kora sich vernünftig verhalten wird?«

»Ich habe den Eindruck, daß Captain Kora sich wie ein Klingone verhalten wird«, sagte Worf. »Nicht mehr, aber auch nicht weniger als das. Das klingonische Team wird seine Anweisungen haben, wie wir die unsrigen. Ich bin sicher, daß sich beide Gruppen angemessen verhalten werden.«

»Freut mich, das zu hören, Mr. Worf«, sagte Taggert. »Freut mich wirklich sehr.«

5

Das erste, was den Kadetten auffiel, nachdem sie auf die Oberfläche von Dantar IV hinabgebeamt worden waren, war, daß der Planet völlig verlassen zu sein schien. Obwohl sie wußten, daß man sie an den Stadtrand transportieren würde, hatten sie nicht mit diesem Eindruck der völligen Öde gerechnet. Es war ein unheimliches Gefühl.

Es wurde jedoch schnell von dem zweiten Eindruck vertrieben, der sich bei den Kadetten einstellte – dem einer schier unerträglichen Hitze, die aus dem Boden zu quellen schien. Der Transportvorgang war kaum beendet, als einige von ihnen – in erster Linie Tania und Mark – bereits leicht zu schwanken begannen. Die Veränderung, aus der klimatisierten Umgebung eines Raumschiffs auf die rauhe Oberfläche von Dantar IV gebeamt zu werden, war einfach zu abrupt erfolgt.

Die Kadetten und Trump trugen Rucksäcke auf den Schultern, in denen sich Vorräte befanden. Dies war unumgänglich, da ihr Raumschiff – wie auch das der Klingonen – den Orbit bereits wieder verlassen hatte. Da niemand wußte, wie lange die Angelegenheit dauern würde, war es nicht möglich, daß die Schiffe bis zum Abschluß ihrer Mission in der Umlaufbahn warteten. Es konnte sich um eine Woche, aber auch um zwei handeln.

Auf jeden Fall waren Vorräte in einer Kolonie immer knapp, und die Gruppe wollte auf keinen

Fall den Kolonisten zur Last fallen. Der dürre, trockene Planet war für seine Bewohner schon Belastung genug.

Das Außenteam verfügte auch über Sichtschutzgeräte, die ihre Träger vor der Hitze der Atmosphäre und dem grellen Sonnenlicht schützten. Die Visiere waren getönt und hatten prompt automatisch die dunkelste Stufe eingestellt, als die Gruppe auf der Planetenoberfläche eingetroffen war. Die Geräte boten einen beträchtlichen, aber keinen vollständigen Schutz. Die Sonne war noch immer das Grellste, was die meisten Mitglieder des Landetrupps je gesehen hatten.

Worf spürte, daß die Umgebung ihm zu schaffen machte, war aber zu stur, um dies irgendwie einzugestehen. Zak schien mit seiner dicken und widerstandsfähigen Haut kaum betroffen zu sein.

Soleta hingegen atmete sehr zu Tanias Erstaunen die Luft mit tiefen Zügen ein. »Was ist los mit dir?« keuchte Tania, die den Eindruck hatte, etwas würde ihr die Kehle zuschnüren.

»Hier ist es wie zu Hause«, erwiderte Soleta. »Dünne und heiße Luft. Ja, fast wie auf Vulkan.«

»Ist ja toll«, murmelte Tania.

Alexander Trump schien von der Umgebung

47

nicht besonders beeinträchtigt zu werden. Doch der entschlossene Ausdruck auf seinem Gesicht schien sich sowieso niemals zu verändern. Er war unveränderlich und unbeugsam und schwankte niemals. Er musterte die Oberfläche, wie auch ein Jäger es getan hätte.

Die Transporter-Landestelle befand sich am Stadtrand.

Stadt war vielleicht ein zu hochtrabendes Wort.

Die meisten Gebäude waren nicht höher als zwei Stockwerke. Es handelte sich um vorgefertigte Konstruktionen, die mehr Wert auf Nützlichkeit und Funktion als auf Form und Schönheit legten. Daher war die Stadt (aus Ermangelung eines besseren Begriffes) nicht gerade der angenehmste Ort, an dem man sich wiederfinden konnte.

Die Gebäude waren alle von derselben Farbe – weiß. Der Grund dafür war einfach. Da Weiß das Sonnenlicht reflektierte, statt es zu absorbieren, wie dunklere Farben es taten, war es eine ›kühlere‹ Farbe. Auf einer Kolonie wie Dantar IV war alles knapp – Wasser, Nahrung, Energie. Alle Kolonisten waren davon abhängig, was sie entweder mitgebracht hatten oder dem Planeten abtrotzen konnten. In diesem Fall war es energiesparend, auf einen weißen Anstrich zurückzugreifen.

Natürlich wurde Dantar IV regelmäßig von Versorgungsschiffen angeflogen. Aber Ziel und Zweck einer Kolonie war es, sich irgendwann einmal selbst versorgen zu können. Man konnte nicht sein gesamtes Leben darauf gründen, auf die nächste Schiffsladung an Vorräten zu warten. Kolonisten waren sehr stolz, wenn es darum ging, tatsächlich in die Tat umzusetzen, was sie sich vorgenommen hatten.

Die Folge war eine Haßliebe zwischen Kolonien und ihren Förderern. Einerseits benötigten Kolonisten die Unterstützung, die ihnen Organisationen wie etwa die Föderation zukommen ließen, und wußten sie auch zu schätzen. Andererseits war eine gewisse Entschlossenheit und Unabhängigkeit nötig, um eine Kolonie zu gründen und sich auch zu behaupten; daher verabscheuten die Kolonisten es, von jemand anderem als sich selbst abhängig zu sein.

Eine Brise kam auf. Staub wirbelte hoch und trieb wie winzige Wirbelstürme über die Oberfläche; Tania seufzte erleichtert auf. »Wenigstens etwas kühle Luft.«

»Wir sind erst seit dreißig Sekunden hier«, sagte Trump. »An Ihrer Stelle würde ich mir von der Hitze nicht so stark zusetzen lassen.«

»Wo sind die Kolonisten?« fragte Worf.

»Keine Ahnung. Vielleicht ist es zu heiß, daß sie ihre Häuser verlassen. Vielleicht springen sie gleich aus ihren Verstecken und rufen ›Überraschung‹.«

In diesem Augenblick wurde die Tür eines Gebäudes am anderen Ende der Ansiedlung geöffnet. Ein Mann trat auf die Schwelle, winkte und rief ihnen etwas zu, doch er war zu weit entfernt, als daß sie verstanden hätten, was er sagte.

Zumindest die meisten von ihnen konnten ihn nicht verstehen.

Soleta hingegen vernahm ihn mit ihren empfindlichen vulkanischen Ohren klar und deutlich. »Ein Sturm«, sagte sie. »Er ruft etwas von einem aufkommenden Sturm...«

Wie auf ein Stichwort wurde der Wind, den Tania bislang als so angenehm empfunden hatte, wesentlich stärker. Er frischte wütend auf und trieb Kiesel und Steine über den harten Boden. Sand wirbelte auf, und hätten sie nicht die Visiere getragen, hätten sie alle nach ein paar Sekunden nichts mehr sehen können.

»Kommt schon!« rief Trump. Niemand brauchte eine zweite Aufforderung, und sie stürmten durch die Ansiedlung dem Gebäude entgegen.

Worf ließ sich automatisch ans Ende der Gruppe zurückfallen, um die Nachhut zu bilden und darauf zu achten, daß niemand verloren ging. Das war ein Glück, denn Tanias Stiefelspitze verfing sich in einem schmalen Spalt im Boden. Sie stieß einen leisen Schrei aus und fiel vorwärts. Worf packte sie von hinten und verhinderte, daß sie stürzte. Sie schwankte und gab ihm dann ein Zeichen, daß alles in Ordnung war. Soleta wurde langsamer, und gemeinsam halfen sie Tania, das restliche Stück der Strecke humpelnd zurückzulegen.

Sie erreichten die Unterkunft, und durch den wirbelnden Sand sah Worf, daß Trump auf der Schwelle stand und ihnen bedeutete, sich zu beeilen. Kurz darauf waren sie alle in der Sicherheit der schlichten, aber funktionellen Unterkunft.

»Sind Sie in Ordnung, Tobias?« fragte Trump.

»Ich habe mir nur den Knöchel verletzt. Mir geht es gut.« Aber sie zuckte zusammen, als sie sich auf einen Stuhl niederließ. »Danke, Soleta, Worf.«

Worf knurrte etwas Unverständliches. Für ihn war ein Dank unnötig. Man erwartete ganz einfach von ihm, daß er sich um die Mitglieder seiner Mannschaft kümmerte. Er wäre buchstäblich zu nichts anderem imstande gewesen.

Er stand auf und nahm die Schutzbrille ab, um besser sehen zu können.

Der Raum war ziemlich vollgestopft, hauptsächlich mit elektronischen Geräten, bei denen es sich nicht um die modernsten Modelle zu handeln schien. Die meisten schienen nur noch von Spucke und Sicherheitsdraht zusammengehalten zu werden. Zwei Schreibtische standen an gegenüberliegenden Wänden des Raums. Der eine war eher unordentlich, mit zahlreichen Nachschlagewerken bedeckt und vermittelte den allgemeinen Eindruck eines kaum beherrschten Chaos. Der andere war makellos aufgeräumt. Eine Tür führte zu einem anderen Raum, aber sie war geschlossen. Trump und die Kadetten waren die einzigen, die sich zur Zeit im Hauptraum aufhielten.

Sie vernahmen Stimmen hinter der Tür, und Worf verspürte sofort ein vertrautes Gefühl. Einige der Worte waren unverkennbar klingonisch. Sie wechselten sich mit solchen in englischer Sprache ab. Eindeutig fanden zwei Gespräche auf unterschiedlichen Ebenen statt: Klingonen unterhielten sich in ihrer Muttersprache miteinander, und Terraner in der ihren. Und gelegentlich sprachen alle Englisch, offensichtlich, damit alle sich verständigen konnten. Klingonen benutzten lieber die englische Sprache, als darauf zu warten, daß die Terraner die Universal-Translatoren benutzten.

»Was sagen sie, Worf?« fragte Soleta. »Die Klingonen, meine ich.«

Worf richtete sich auf und schaute überrascht drein. »Möchtest du etwa, daß ich lausche?«

»Sie sagen«, erklärte Alexander Trump ruhig, »daß es keine Schwierigkeiten geben sollte, sich mit den Leuten von der Föderation zu befassen. Daß das Starfleet-Personal von den Klingonen eingeschüchtert werden soll und man uns schnell klarmachen wird, wer hier das Sagen hat. Sie meinen, es dürfte keine Probleme geben, uns unter Kontrolle zu halten und den klingonischen Interessen die höchste Priorität zukommen zu lassen.«

Worf sah Trump überrascht an. Er hatte davon gehört, daß der Diplomat zahlreiche Sprachen beherrschte, doch es war etwas ganz anderes, einen so eindrucksvollen Beweis für diese Behauptung zu erhalten.

Mehrere menschliche Stimmen verlangten, daß die Klingonen, verdammt noch mal, mit *ihnen* und nicht miteinander sprechen sollten. Dies führte zu einer weiteren hitzigen Diskussion, und die Stimmen wurden immer lauter.

»Vielleicht sollten wir hineingehen und ...«

»Und was, Mr. Worf? Das Geschehen an uns reißen? Ihnen zeigen, wer hier das Sagen hat?« Seine Mundwinkel zuckten leicht, was bei ihm einem Lächeln nahe kam. »Ich glaube kaum. Damit würden wir doch nur der vorgefaßten Meinung in die Hände spielen, die sie von uns haben. Nein, Mr. Worf, wir warten. Wir warten darauf, daß sie zu uns kommen, und dann werden wir versöhnlich, geduldig und verständnisvoll sein. Wir haben die Aufgabe, sie zusammenzuführen, aber nicht unter Zwang. Haben Sie das verstanden?«

»Ja, Sir«, sagte Worf, der allerdings nicht hundertprozentig überzeugt war. Sie zu zwingen wäre die einfachere Lösung, und er hätte sie vorgezogen.

Tania räusperte sich. »Entschuldigung, aber

mein Knöchel bringt mich um. Könnte vielleicht jemand ...«

Mark McHenry ging zu ihr, stellte seinen Rucksack auf den Boden und stöberte darin herum. Tania musterte ihn mißtrauisch. »Weißt du, was du da tust?« fragte sie.

»Natürlich«, erwiderte er ruhig. Nach einem Augenblick holte er einen kleinen, zylindrischen Gegenstand hervor und aktivierte ihn. Er gab ein leises, summendes Geräusch von sich, und Mark fuhr mit dem Gerät über ihren Knöchel.

Sie schaute ehrlich überrascht drein. »Das fühlt sich schon viel besser an«, gestand sie ein. »Danke, Mac. Was ist das für ein Ding? Wie funktioniert es?«

»Keine Ahnung«, erwiderte er fröhlich.

»Du hast gesagt, du wüßtest, was du tust!«

»Ich wußte auch, was ich tat. Ich habe meinen Rucksack durchsucht. Aber was das für ein Ding ist« – er zuckte mit den Achseln –, »kann ich dir leider nicht sagen.«

Sie verdrehte die Augen. »Mac, du bist ein hoffnungsloser Fall.«

»Das will ich doch hoffen.«

Die Tür wurde geöffnet, und ein hagerer, aber entschlossen wirkender Mann mit lockigem, schwarzem Haar kam herein und gab Trump die Hand. »Hallo, allerseits. Paul Dini, Administrator der Föderation. Ich entschuldige mich für das Wetter.«

»Sie haben das Wetter gemacht?« fragte Mac. »Hervorragend. Benutzen Sie dazu Maschinen, oder winken Sie einfach ... na ja, Sie wissen schon ... mit einem großen Stock?«

Dini bedachte Mark McHenry mit einem seltsamen Blick, und Trump schritt schnell ein. Er stellte alle Mitglieder des Dream Teams vor und fuhr dann fort: »Wir wollten nicht lauschen, aber es klang ganz so, als hätten Sie ein paar Probleme.«

Dini seufzte laut. »So würde ich das nicht sagen. Um genauer zu sein, mit ›ein paar‹ ist es wirklich nicht getan.«

»Wo ist Ihr Co-Administrator?«

»Khard ist noch im Nebenzimmer und spricht mit den klingonischen Gesandten. Diese anderen Klingonen sind gerade erst aufgetaucht, ein paar Minuten vor Ihnen...« Seine Stimme klang plötzlich sehr besorgt. »Haben Sie damit gerechnet? Haben Sie gewußt, daß die Klingonen ebenfalls eine Delegation schicken werden?«

»Wir haben erst davon erfahren, als wir dieses System erreichten«, erwiderte Trump.

»Na schön... da war es wohl schon etwas zu spät.« Er seufzte erneut. »Es ist nicht einfach gewesen. In dieser Lage kann der leiseste Blick oder ein einziges falsches Wort zu allem möglichen Ärger und Mißtrauen führen. Und dabei soll es sich angeblich um ein einträchtiges und nicht um ein niederträchtiges Unternehmen handeln.«

»Machen Sie sich keine Sorgen, Mr. Dini«, sagte Trump. »Mein bestes Team leistet mir Verstärkung. Warum holen Sie also nicht die anderen Klingonen, damit wir versuchen können, die Dinge zu klären?«

Dini betrachtete Worf einen Augenblick lang und zeigte dann mit dem Daumen auf ihn. »Er steht auf unserer Seite?« fragte er Trump.

Worf wollte schon ungehalten antworten, doch Trump kam ihm zuvor. »Ich vermute, Mr. Dini, genau dort liegt das Problem. Hier gibt es keine

›Seiten‹. Hier sollte es kein ›Sie‹ gegen ›Uns‹ geben. Hier sollte es nur ein ›Wir‹ geben.«

»Hm«, machte Dini und schaute nicht besonders überzeugt drein. Er drehte sich um und ging ins Nebenzimmer, und kurz darauf kamen die Klingonen heraus.

Khard ging voran. Er trug keine traditionelle klingonische Uniform, doch selbst seine zivile Kleidung wirkte streng und militärisch. Und ihm folgten drei junge Klingonen, zwei Männer und eine – Frau.

Worf fuhr leicht zusammen, als hätte man in seinem Kopf einen Schalter umgelegt. Er hatte nur die entferntesten Erinnerungen an junge Mädchen, mit denen er gespielt hatte (falls dieses Wort die Aktivitäten junger Klingonen einigermaßen richtig umschrieb), als er auf Khitomer aufgewachsen war. Und seitdem hatte er keinerlei Beziehungen zu anderen Klingonen mehr gehabt, ganz zu schweigen von Frauen.

Er starrte die Frau unwillkürlich an. Sie schien etwa in seinem Alter zu sein. Ihr Haar war lang, dunkel und kräftig, und in ihren Augen schien ein inneres Feuer zu lodern. Sie runzelte die Stirn. Und dann begriff Worf, daß sie insbesondere ihn mit diesem Stirnrunzeln bedachte.

Worf riß sich zusammen, brach den Blickkontakt mit ihr ab und sah zu Trump hinüber. Er verspürte plötzlich das Bedürfnis, sich vom Verhalten des erfahrenen Professors leiten zu lassen. Und außerdem war ihm die Art und Weise, wie die junge Klingonin ihn musterte, ihm plötzlich aus irgendeinem Grund unangenehm.

»Alexander Trump«, machte Dini sie miteinander

bekannt, »das ist Khard, der Anführer der klingonischen Kolonisten.«

Khard trat vor und streckte eine Hand aus. Trump betrachtete sie einen Augenblick lang überrascht und schüttelte sie dann. »Sie geben mir die Hand, Sir?«

»Ich habe versucht, mich den menschlichen Gebräuchen anzupassen«, polterte Khard und warf Dini einen bezeichnenden Blick zu. »Es war nicht immer leicht.«

»Wenn es leicht wäre«, sagte Trump, »wäre es für einen Klingonen ja keine Herausforderung mehr.«

Khard knurrte zustimmend. Er trat zurück, und Dini stellte die drei jungen Klingonen als in der Ausbildung befindliche Krieger vor. »Und frisch aus dem Klingonischen Imperium eingetroffen, um im wesentlichen die gleiche Funktion wahrzunehmen, die Sie hier ausüben, Mr. Trump: Gowr...«

Der Junge namens Gowr nickte kurz. Er war der kleinste der drei, wenngleich er damit noch immer wesentlich größer als ein durchschnittlicher Terraner war. Er war auch äußerst breitschultrig, so auffallend breitschultrig, daß es den Anschein hatte, er hätte Schwierigkeiten, bequem durch eine Tür zu gehen.

»Kodash«, fuhr Dini fort.

Kodash hingegen war der größte von ihnen, und obwohl alle drei ziemlich wild aussahen, war er eindeutig am angespanntesten. Er hatte einen ziemlich langen Schnurrbart mit kleinen Metallkapseln an den Enden.

Er schien Zak Kebron zu mustern, und Zak gab sich nicht die geringste Mühe, auch nur so zu tun, als freue er sich, Kodash zu sehen. Worf wurde klar, daß er sich auf eine Vielzahl von Problemen vorbereiten mußte, denn obwohl Zak sich mittlerweile an Worf gewöhnt hatte, kämpfte er noch gegen viele alte Vorurteile an, die er den Klingonen im allgemeinen entgegenbrachte. Wenn man dann noch in Betracht zog, daß die Klingonen die Brikar nicht besonders sympathisch fanden, konnte man leicht zum Schluß kommen, daß es sich hier um eine sehr explosive Mischung handelte.

Dann deutete Dini auf die Klingonin, und Worf richtete seine Aufmerksamkeit erneut auf sie. Sie hingegen gab sich nicht die geringste Mühe, die Tatsache zu verbergen, daß sie Worf ungeniert anstarrte.

»Und das«, sagte Dini, »ist...« Und dann zögerte er. »Es tut mir leid, wie war der Name noch gleich?«

»K'Ehleyr«, sagte sie barsch.

»K'Ehleyr. Danke. Bitte verzeihen Sie mir. Ich bin nicht besonders gut, wenn es um Namen geht. Meine geschätzten klingonischen Kollegen, das sind die Repräsentanten der Föderation: Alexander Trump, bekannter Diplomat und zweimal mit dem Zee-Magnes-Preis geehrter Experte für Xenosoziologie. Er wird begleitet von einem Team von der Starfleet-Akademie, das aus folgenden Spezialisten besteht: Tania Tobias, Technikerin; Mark McHenry, Astronavigator...«

»Ich kann auch Karten spielen«, sagte McHenry und schaute recht selbstgefällig drein.

Dini warf ihm erneut einen unsicheren Blick zu. »Soleta, Wissenschaftsspezialistin; Zak Kebron, Sicherheitsspezialist; und Worf, ebenfalls Sicherheitsspezialist.«

Die Klingonen betrachteten Worf mit einer Mischung aus Neugier und Verachtung. »Worf, nicht wahr?« fragte K'Ehleyr.

»Das ist richtig«, sagte er. »Worf, Sohn des Mogh.«

»Wie... seltsam.«

Einen beträchtlichen Augenblick lang schwiegen alle, und dann klatschte Trump in die Hände.

»Ich denke«, sagte er, »vielleicht sollten wir uns an die Arbeit machen.«

»Ja«, sagte Dini schnell. »Da kann ich Ihnen nur beipflichten.« Er warf einen Blick auf ein Anzeigegerät an der Wand und nickte. »Der Sturm flaut ab. Das ist eine Erleichterung. Wenn sich so ein Sandsturm zusammenbraut, können wir eigentlich nicht viel mehr tun, als hier herumzusitzen und darauf zu warten, daß er sich wieder legt. Aber dieser Sturm scheint nachzulassen, und dafür können wir alle dankbar sein.«

Einmal ganz abgesehen davon, wie Zak die Klingonen musterte, und wie die Klingonen Zak – und auch Worf – musterten, hatte Worf das unangenehme Gefühl, daß sich direkt hinter dem Horizont noch ganz andere, viel schlimmere Stürme zusammenbrauten. Und daß diese Stürme nicht von atmosphärischen Störungen verursacht wurden.

6

»Warum haben sie uns nicht die Hand gegeben?«

Das Dream Team hielt sich in den Besucherbaracken auf, die eigens für sie errichtet worden waren. Ihre Unterbringung als geräumig zu bezeichnen, wäre übertrieben gewesen. Metallkojen säumten die Wände, und die Hauptlichtquelle waren die Fenster. Nichtsdestoweniger paßten die Kadetten sich der Lage mit einem gewissen Maß von Resignation an.

Tania ging vorsichtig hin und her, wurde aber mit jedem Schritt zuversichtlicher, während die anderen ihre Ausrüstung verstauten. Irgendwann blieb sie dann stehen, lehnte sich gegen einen Bettpfosten und stellte die Frage bezüglich des Händedrucks.

Trump lächelte. »Das kann Mr. Worf Ihnen sagen«, erwiderte er.

Sie drehte sich um und sah Worf fragend an. Worf war etwas überrascht, daß Trump die Beantwortung ihm überlassen hatte, zuckte im Geiste aber mit den Achseln.

»Das hat etwas mit dem Ursprung des terranischen Händedrucks zu tun«, sagte er. »Wenn jemand einen Gegner begrüßt hat, streckten die beiden die geöffneten Hände aus und ergriffen sie. Damit wollten sie zeigen, daß sie im Augenblick keine Waffen mit sich führten. Von Klingonen erwartet man jedoch, daß sie ständig Waffen mit sich führen. Die Andeutung, man halte einen Klingonen für unbewaffnet, wäre eine schwere Beleidigung.«

»Aber du bist doch nicht bewaffnet, Worf«, sagte Tania.

»Da hat sie dich erwischt, Worf«, pflichtete Zak ihr bei. »Kadetten verstoßen ausdrücklich gegen die Starfleet-Vorschriften, wenn sie eine Waffe bei sich tragen.«

»Ja, das stimmt«, sagte Worf. »Meines Erachtens eine äußerst unglückliche Regelung.«

Tania ließ sich auf ihre Koje fallen und klopfte auf die Matratze. Sie schüttelte den Kopf. »Steinhart. Hat jemand eine bessere Matratze?«

»Sie sind alle gleich«, sagte Soleta. »Du wirst es schon überleben.«

Tania drehte sich zu Worf um. »Was hältst du von den klingonischen Gesandten, Worf?«

»Warum fragst du mich?«

»Das ist doch wohl ziemlich offensichtlich.«

»Die Klingonin schien sich stark für dich zu interessieren, Worf«, sagte Soleta nachdenklich.

»Unsinn.«

Die Tür wurde geöffnet, und die drei Klingonen kamen langsam herein. Sie blieben stehen und betrachteten die Föderationsmannschaft einen Augenblick lang schweigend, dann gingen sie zu einem abgetrennten Teil des Raumes auf der anderen Seite hinüber.

»Seht ihr, wie sie sich verstecken«, sagte Zak.

»Das hat nichts mit Verstecken zu tun«, berichtigte Worf ihn. »Klingonen setzen sich niemals der Möglichkeit eines Hinterhalts aus.«

»Du meinst, sie haben Angst, jemand könne die

Tür eintreten und zu schießen anfangen?«, fragte Tania.

»Es kann nie schaden, alle Möglichkeiten in Betracht zu ziehen«, sagte Worf.

»Bedenkt«, sagte Soleta trocken, »wenn jetzt jemand hereinplatzen und angreifen würde, wären *wir* in der Schußlinie.«

Dieser Kommentar hatte keine begeisterten Reaktionen zur Folge.

Auf der anderen Seite des Raumteilers und außer Hörweite packten die drei Klingonen ihre wenigen Besitztümer aus. K'Ehleyr saß auf der Kante ihrer Koje. Sie schlug verärgert auf die Matratze und schüttelte angewidert den Kopf.

Gowr sah zu ihr hinüber. »Was hast du für ein Problem?« fragte er.

»Das nennen sie eine harte Matratze?« Sie hob sie hoch und warf sie vom Bett – eine solide, schmucklose Metallplatte, auf die K'Ehleyr sich nun legte. Ein dumpfes Geräusch erklang, und K'Ehleyr nickte. »Wesentlich besser.«

Khard drehte sich zu seinen Gefährten um. »Ich weiß nicht, wer von der Mannschaft der Föderation mich mehr verblüfft hat: der Brikar oder der Klingone.«

»Sprich nicht so laut«, sagte K'Ehleyr.

»Warum?«

»Weil ich es sage«, entgegnete sie fest.

Er funkelte sie einen Augenblick lang an und fuhr dann wesentlich leiser fort: »Diese widerwärtigen Brikar. Die unerträglichste Spezies in der ganzen Galaxis, von den Kreel mal abgesehen. Und als würde das noch nicht reichen, dazu noch dieser ...« Es schien ihm an Worten zu mangeln, die geeigneten waren, Worf zu beschreiben. »Wie würdest du ihn nennen? Ist er wirklich einer von uns? Ein Klingone? Könnte da irgendein Fehler vorliegen?«

»Ein Klingone mag er ja sein«, sagte Gowr. »Aber einer von uns? Wohl kaum.«

Kodash schaute nachdenklich drein. »Aber was hat er bei ihnen zu suchen? Ist er freiwillig bei ihnen? Vielleicht halten sie ihn gefangen, oder sie haben ihn einer Gehirnwäsche unterzogen.«

K'Ehleyr schüttelte den Kopf. »Das glaube ich nicht. Ich bin mir nicht sicher, in was für einer Lage er steckt.«

»Dann mußt du es herausfinden«, sagte Kodash.

Sie verzog das Gesicht. »Ich? Warum ich?«

»Weil er den Blick nicht von dir wenden konnte.«

»Ach, mach dich doch nicht lächerlich«, erwiderte sie.

»Denk doch mal nach, K'Ehleyr«, sagte Gowr. »Dieser Worf ... bei ihm wäre zweierlei möglich. Entweder, er ist ein Deserteur und Verräter am Imperium, was ich aufgrund seiner Jugend irgendwie bezweifle. Oder aber, so verrückt es auch klingen mag, er wurde von Menschen aufgezogen.«

»Von *Menschen* großgezogen? Was für ein Klingone wird von Menschen großgezogen?«

»Das, K'Ehleyr, wollen wir ja gerade herausfinden. Und du ...«

»Kommt nicht in Frage.«

»Du bist genau die Richtige, um es herauszufinden«, fuhr Gowr überzeugt fort. »Habe ich recht, Kodash?«

»Du hast absolut recht, Gowr.«

»Ihr habt doch beide euern sowieso schon beschränkten Verstand verloren«, entgegnete sie. »Ich mag ihn nicht. Und er mag mich ganz bestimmt auch nicht. Ich bin hier, um meine Arbeit zu tun, und ich schlage euch vor, daß ihr beide die eure tut. Klar?«

»Aber ...«

»*Klar?*«

»Klar«, sagte Gowr. Kodash nickte verdrossen.

K'Ehleyr warf sich auf die harte Oberfläche und verschränkte die Arme unter dem Kopf. Gowr und Kodash traten ein Stück zur Seite und sahen einander bezeichnend an.

»Sie wird es tun«, flüsterte Gowr.

»Ich weiß«, erwiderte Kodash leise.

Mittlerweile ging K'Ehleyr Worfs Gesicht nicht mehr aus dem Kopf. Sie hatte ihn nur ganz kurz gesehen, und doch hatte sie den Eindruck, daß er sich von allen anderen Klingonen unterschied, die sie kannte.

Das Problem war nur ... sie wußte nicht, ob dies gut oder schlecht war.

7

Der terranische Kolonist, dessen Name Cannelli lautete, schien kurz davor zu stehen, den klingonischen Kolonisten, dessen Name Korm lautete, zu schlagen. »Das machen Sie absichtlich!«

»Natürlich mache ich es absichtlich!« fauchte Korm zurück. »Es macht mir Spaß!«

»Hören Sie es? Hören Sie es?« rief Cannelli.

Den beiden streitenden Parteien gegenüber saßen Trump, Worf, K'Ehleyr, Dini und Khard. »Ja, Mr. Cannelli, wir haben es gehört«, sagte Trump geduldig.

»Das geht schon seit Wochen so!«

»Glauben Sie etwa, mir macht das Spaß?« sagte Korm. »Glauben Sie etwa, diese endlosen Wochen Ihrer Beschwerden wären ein Vergnügen gewesen? Wie soll ich denn da ein ruhiges Leben führen?«

»Meine Herren, meine Herren«, sagte Trump und hob eine Hand. »Gewiß können wir doch irgendeine Einigung erzielen.«

»Die Musik, die ich mache, hat eine enorme Bedeutung!« informierte Korm ihn.

»Ja! Das stimmt! Und zwar die, mich in den Wahnsinn zu treiben!«

»Bitte, meine Herren!« Trump klatschte scharf mit den Händen und sah Dini wütend an. »Damit ich Sie nicht falsch verstehe... Mr. Cannelli wohnt über Korm, und Korms Musik hält ihn des Nachts wach, und es ist Ihnen nicht möglich, einem der beiden ein anderes Quartier zuzuweisen?«

»Wir haben dafür nicht den Platz!« sagte Dini.

»Ich vermute«, sagte K'Ehleyr, an Korm gewandt, »Sie sind Mitglied des Consar-Ordens.«

»Das vermuten Sie richtig«, sagte Korm.

Als Dini die beiden verwirrt ansah, erklärte Khard: »Der Consar-Orden ist eine religiöse Sekte. Ihr Glaube sieht vor, einer... Sie würden wahrscheinlich den Ausdruck ›Muse‹ benutzen... frohlockende Musik darzubieten. Es ist erforderlich, daß man diese Musik mitten in der Nacht spielt, und Korm hat sich zufällig für das Yggim entschieden, ein Instrument, das in gewisser Hinsicht der irdischen Trommel ähnelt.«

»Toll!« jammerte Cannelli. »Einfach toll! Er kriegt mitten in der Nacht einen religiösen Rappel und lebt ihn aus, indem er auf eine Trommel einschlägt!«

»Sie können doch bestimmt einen Kompromiß erzielen«, sagte K'Ehleyr, schaute dabei allerdings nicht allzu hoffnungsvoll drein.

»Ja! Und er ist ganz einfach. Er spielt nicht mehr mitten in der Nacht auf seinem verdammten Instrument, und ich kann wieder schlafen! Ein ganz einfacher Kompromiß! Eine ganz einfache Lösung.«

»So einfach ist das nicht«, sagte Khard.

Doch bevor er fortfahren konnte, warf Worf ein: »Ich verstehe nicht, wo das Problem liegt.«

Korm runzelte die Stirn. »Das verstehe ich wiederum nicht. Es ist doch ganz einfach. Unsere Religion schreibt vor, daß wir unsere Musik genau zu dieser Zeit spielen, damit wir unsere Muse in den Schlaf lullen können.«

»Mit *Trommeln?*« rief Cannelli. »Warum nicht gleich mit ein paar Explosionen?«

»Sie haben etwas nicht bedacht, Korm«, fuhr Worf fort.

»Ach, wirklich? Und was, wenn ich fragen darf?«

»Meinen Berechnungen zufolge« – Worf gab schnell ein paar Zahlen in sein elektronisches Notizbuch ein – »ist es, wenn Sie hier mitten in der Nacht spielen, auf unserer Heimatwelt früher Morgen. Sie haben den Zeitunterschied nicht bedacht.«

Korm versuchte, sich darauf eine Antwort einfallen zu lassen, doch ihm fiel auf die Schnelle anscheinend keine ein. Er sah Khard fragend an, der mit den Achseln zuckte. »Aber...«

»Es gibt kein ›Aber‹«, sagte Worf energisch. »Ich habe Ihre Religion umfassend studiert. Consar wohnt in den Tempeln der Heimatwelt. Vorausgesetzt, Ihre Musik erreicht sie überhaupt – und das bezweifle ich nicht –, dann wecken Sie sie sogar auf. Sie tun ihr nicht den geringsten Gefallen.«

Die anderen sahen ihn erstaunt an.

»Wie ich es sehe«, fuhr Worf fort, »können Sie Consar nur auf eine Weise gerecht werden. Nämlich, indem Sie Ihre Musik zu der Zeit spielen, die der Stunde der Mitternacht auf der Heimatwelt entspricht. Richtig?«

»Ich... ich glaube schon.« Korm schaute jetzt unsicher drein, was auf jeden Fall besser als entrüstet war.

»Wenn dem so ist, würde ich empfehlen, daß Sie Ihre Musik um... lassen Sie mich nachrechnen...« Er gab noch ein paar Daten ein. »Um vierzehn Uhr hiesiger Zeit spielen. Das wäre am frühen Nachmittag, und damit würden Sie kaum jemanden beim Schlafen stören.«

Die Personen am Tisch wechselten stumme

Blicke. »Korm«, sagte Khard schließlich vorsichtig, »käme dir das gerecht vor?«

»Ich... glaube schon«, entgegnete Korm. Die Wendung, die die Ereignisse genommen hatten, schien ihn beträchtlich zu überraschen.

»Mr. Cannelli?«

Cannelli breitete die Hände aus. »Ich habe keinerlei Einwände.«

»Dann wäre das geklärt.« Trump erhob sich, gab Cannelli die Hand und nickte Korm ehrerbietig zu. Die beiden Kolonisten gingen hinaus und sahen sich dabei an, als könnten sie es nicht fassen, daß sie jetzt keinen Grund zum Streiten mehr hatten.

»Ich gestehe ein«, sagte Khard bedacht, »ich bin beeindruckt, Mr. Trump. Mr. Worf, Sie haben diese Angelegenheit sehr geschickt geregelt.«

K'Ehleyr ertappte sich dabei, daß sie wider Willen nickte, und hörte sofort damit auf.

»Ich verstehe die Klingonen«, erwiderte Worf. »Und ich verstehe die Terraner. Bei beiden Gruppen gibt es nur wenig, das mir fremd ist.«

»Ach ja?« Khard schien einen Augenblick lang darüber nachzudenken. »Mr. Trump«, sagte er dann, »meines Erachtens werden wir beide bei diesen Verhandlungen nicht mehr benötigt. Ich bin der Ansicht, Worf und K'Ehleyr sollten diese Angelegenheiten regeln.«

Alle Betroffenen schienen gleichzeitig ›Was?‹ zu rufen.

»Unsere beiden Gruppen«, fuhr Khard völlig unbeeindruckt fort, »sind es allmählich leid, es ständig mit uns beiden zu tun zu haben. Unsere Funktion ist in dieser Lage ziemlich begrenzt. Aber es wird sich schnell herumsprechen, daß unser Mr. Worf hier den ersten von vielen ungeklärten Disputen mit relativer Leichtigkeit beigelegt hat. Die Klingonen werden dies respektieren. Und die Terraner ebenfalls. Ich würde vorschlagen, daß K'Ehleyr als Repräsentantin des Klingonischen Imperiums den Verhandlungen beiwohnt. Ansonsten sehe ich keinen Grund für die Anwesenheit weiterer Schlichter.«

Dini nickte tatsächlich. Trump fuhr sich nachdenklich über das Kinn.

»Ich weiß nicht, ob ich dem zustimmen kann«, setzte K'Ehleyr mit einem schnellen Blick auf Worf an.

»Ich kann mich nicht erinnern, Sie gefragt zu haben, ob Sie dem zustimmen oder nicht«, sagte Khard energisch. »Ich mag zwar ein Kolonist sein, K'Ehleyr, aber ich stehe im Rang und auch, was die Erfahrung betrifft, über Ihnen. Ich bestimme, wie wir die Angelegenheit handhaben werden.« Er wandte sich von ihr ab und verdeutlichte damit, daß das Gespräch beendet war. »Also, Dini... Trump... sind wir uns einig?«

»Na schön, ich will einen Versuch wagen«, sagte Trump.

»Professor!« Worf konnte es kaum fassen. »Halten Sie das für klug?«

»Was ist los, Mr. Worf?« fragte Trump. »Wollen Sie damit sagen, daß Sie sich dieser Aufgabe nicht gewachsen fühlen?«

»Nein«, sagte Worf schnell. »Ich finde mich mit jedem Auftrag ab, den man mir gibt. Es ist einfach nur so, daß...«

»Was?« Trumps Gesicht war ein einziges Fragezeichen.

»Nichts«, sagte Worf. Seine Stimme war zu einem leisen Knurren geworden.

»Gut! Paul?«

Dini nickte. »Na schön. Ich kann zwar nicht behaupten, daß die Sache auf meinem Mist gewachsen ist, aber wenn Sie sich einig sind ...«

»Gut!« Trump legte die Hände auf die Tischplatte und erhob sich. »Das wäre also abgemacht. Meine Herren?«

Die anderen erhoben sich ebenfalls und gingen zur Tür. »Professor!« rief Worf. »Wie lange werden wir diesen ... Verhandlungen vorsitzen müssen?«

Trump drehte sich zu ihm um und breitete die Hände aus. »Nun ja, bis alle Fragen geklärt sind, Mr. Worf.«

»Wir hatten in den letzten paar Wochen jede Menge kleinerer Streitigkeiten, Wortwechsel und Schlägereien«, sagte Dini. »Khards und meine Versuche, die Wogen zu glätten, verliefen weit weniger erfolgreich, als man eigentlich hätte annehmen können.«

»Sie waren völlig vergeblich«, sagte Khard geradeheraus. »Offensichtlich haben wir nur ein paar neue Gesichter gebraucht. Mit etwas Glück wird diese Kolonie in einer oder zwei Wochen wieder reibungslos funktionieren.«

»Ich hatte für Cannelli und Korm viel mehr Zeit eingeplant«, sagte Dini. »Da Sie den Fall so schnell geklärt haben, wird es ein paar Minuten dauern, bis ich den nächsten aufrufen kann. Ruhen Sie sich also etwas aus, und dann werden wir die beiden nächsten Antragsteller zu Ihnen schicken.«

»Gut gemacht, Mr. Worf«, sagte Trump. »Sie machen Starfleet alle Ehre.«

Die drei gingen hinaus und ließen Worf mit K'Ehleyr allein.

»Ganz ruhig, Zak. So ist es gut. Und jetzt ganz sanft absetzen.«

Der Brikar schwankte leicht unter dem Gewicht seiner Last, bei der es sich um einen schweren Impulsgenerator von der Größe eines Geröllblocks handelte.

Mehrere Kolonisten, sowohl Terraner als auch Klingonen, nickten anerkennend und versuchten gar nicht erst zu verbergen, wie beeindruckt sie waren. Tania sah Zak an und war bislang rückwärts gegangen. Nun blieb sie stehen und vollzog mit den Händen Zaks vorsichtige Bewegungen nach. »Laaangsam«, sagte sie. »Gaaanz langsam.

Wir wollen doch nichts kaputtmachen, Zak. Dieses Ding versorgt alles von den Nahrungsspendern bis zur planetarischen Verteidigung mit Energie.«

Zak gab ein leises Stöhnen von sich, verriet ansonsten jedoch mit keiner Regung, wie schwer das Gerät war, das er trug.

Die Kadetten der Starfleet-Akademie befanden sich im Energieversorgungsgebäude, in dem die mit Kristallen betriebenen Generatoren untergebracht waren, die die Kolonie mit Energie versorgten. Bei den Generatoren handelte es sich nicht unbedingt um die modernsten Modelle, aber sie erfüllten ihren Zweck. Es gab noch ältere Ersatzgeneratoren, die in einem relativ kleinen Schuppen direkt neben dem Hauptkraftwerk untergebracht waren. Die Kolonisten hofften jedoch, sie niemals benutzen zu müssen.

Zak setzte das große Gerät, das er geschleppt hatte, an der vorbestimmten Stelle ab. Erst dann stieß er einen Seufzer aus, der andeutete, wie groß die Anstrengung gewesen war. »Aus reiner Neugier...«, brummte er. »Hättet ihr das Ding nicht reparieren können, als es noch in seinem Behälter war? *Mußte* ich es unbedingt hierherschaffen?«

»Nur so kommen wir an die Steckanschlüsse heran«, erwiderte Tania. »Deshalb haben sie ja ständig Fluktuationen im Energiefluß. Die alten Steckanschlüsse waren fehlerhaft.«

Einer der terranischen Kolonisten der technischen Mannschaft trat vor. »Das heißt also, wir müssen uns um die Energieausfälle keine Sorgen mehr machen?«

»Genau«, sagte Tania. »Sie haben den Energieverlust kompensiert, indem Sie auf andere Systeme zurückgegriffen haben. Aber Sie haben den Fehler immer nur befristet behoben, und bei der geringsten Überladung knallten Ihnen wieder die Sicherungen durch. Dieses Ding«, und sie bedachte den Generator mit einem reuigen Blick, »ist nicht das praktischste Modell. Es bringt zwar Leistung, aber nicht alle Teile sind so leicht zugänglich, wie es eigentlich der Fall sein sollte. Die Energiekupplungen halten zwar mindestens zwanzig Jahre lang, aber die hier waren von Anfang an fehlerhaft und brannten sofort durch. Es ist zwar kein Problem, den Generator hochzuheben, wenn man einen Antigrav-Kran hat...«

»Aber den haben wir nicht«, gestand einer der Klingonen, »weil wir damals nicht der Meinung waren, unbedingt einen zu brauchen...«

Tania drehte sich zu der technischen Mannschaft um. »Na schön. Legen Sie Saft drauf. Mal sehen, was wir hier haben.«

Mehrere Kolonisten traten zu den an einer Wand angebrachten Kontrollpulten. Sie arbeiteten, wie Tania mit einiger Erleichterung feststellte, schnell und tüchtig. Als sie zum erstenmal gemeinsam den Energieschwund untersucht hatten, hatte Tania zahlreiche Streitigkeiten und Feindseligkeiten zwischen ihnen bemerkt. Die klingonischen und terranischen Kolonisten schienen weniger daran interessiert zu sein, die schadhaften Geräte zu reparieren; statt dessen machten sie sich gegenseitig Vorhaltungen, für den Ausfall der Geräte verantwortlich zu sein. Das war nicht gerade konstruktiv. Beide Gruppen hatten sich bald nur noch diesem unproduktiven Zeitvertreib gewidmet und schließlich sogar gegenseitig vorgeworfen, die Geräte aus irgendeinem unbekannten Grund sabotiert zu haben. Es war lediglich nicht zu handgreiflichen Auseinandersetzungen gekommen, weil keine Gruppe sagen konnte, warum die andere auf den Gedanken gekommen sein sollte, die Generatoren der Kolonie lahmzulegen.

In Wirklichkeit hatte, wie Tania festgestellt hatte, *niemand* etwas manipuliert oder sabotiert; es handelte sich durchweg um normale Probleme, zum Beispiel um Verschleißerscheinungen. Tanias scharfe Analyse der Situation und geschickte Reparaturversuche – bei denen sie von Zak Kebron unterstützt wurde – hatten dazu geführt, daß sämtliche Kolonisten nun beifällig nickten.

In diesem Augenblick kamen Gowr und Kodash herein. »Also schön«, fragte Gowr laut, »wer hat hier die Leitung?«

Die beiden Leiter der technischen Teams der klingonischen und terranischen Kolonisten traten vor. Gowr nickte. »Wir haben gehört, daß es einige Probleme mit der Energieregulierung gibt«, sagte er. »Wir wollen die Systeme prüfen und helfen, wo wir ...«

»Nicht nötig«, sagte Zak und konnte dabei die Selbstgefälligkeit nicht aus seiner Stimme heraushalten. »Darum haben wir uns bereits gekümmert.«

Diese Auskunft bewirkte nur, daß die beiden Klingonen ihre Stirn runzelten. »Was meinst du damit, Brikar?« fragte Kodash.

Zaks Gesicht verdüsterte sich, und er trat einen Schritt vor. Tania spürte, daß es zu Schwierigkeiten kommen könnte, und trat zwischen Zak und die beiden Klingonen. »Er meint damit«, sagte sie, »daß wir die Reparatur der Generatoren bereits abgeschlossen haben, während ihr anderswo in der Kolonie beschäftigt wart und euch sicher ebenfalls um wichtige Angelegenheiten gekümmert habt. Das dürfte doch kein Problem sein, oder? Schließlich sind wir alle hier, um die Dinge wieder in Ordnung zu bringen.«

»Nicht, daß ihr es geschafft hättet, sie zu reparieren«, sagte Zak, »selbst wenn ihr daran gedacht hättet.«

Tania warf ihm einen wütenden Blick zu, der zu besagen schien: *Halt die Klappe, Zak!* Er deutete jedoch mit keiner Regung an, daß er ihren Wink verstanden hatte.

»Was soll das heißen?« fragte Kodash. Seine Hände schienen sich ununterbrochen zu öffnen und zu schließen.

Zak wollte etwas erwidern, sah dann jedoch zu Tania und bemerkte den Zorn auf ihrem Gesicht.

Und ihm wurde abrupt klar, daß er wieder in alte Gewohnheiten zurückfiel. Als er Worf kennengelernt hatte, hatte er jede Möglichkeit genutzt, ihn zu reizen und zu provozieren. Seine tief verwurzelten Vorurteile gegen Klingonen hatten fast dafür gesorgt, daß er von der Akademie geflogen wäre. Zum Glück für alle Betroffenen – und ganz besonders zu seinem eigenen – hatte die Zeit, die er mit Worf verbracht hatte, ihn zur Einsicht kommen lassen, daß allgemeine Vorurteile gegen eine Spezies als solche unpassend und schlecht waren. Ihm war es mit der Zeit gelungen, diese Vorurteile gegen Klingonen zu überwinden. Nun mußte er sich einfach noch daran gewöhnen, alle Klingonen mit einem gewissen Respekt zu behandeln, sogar die, mit denen er nicht ein Zimmer teilte.

All das ging ihm durch den Kopf, und er legte sich eine höfliche Antwort für die klingonischen Gesandten zurecht.

Doch es war leider schon zu spät. Kodash hatte den Ruf, leicht zu erzürnen zu sein, eine Reputation, die Zak nicht bekannt war.

»Alles, was du bewerkstelligen kannst, Starfleet-Kadett, können wir ebenfalls bewerkstelligen«, sagte Kodash wütend. »Die Überheblichkeit der Brikar ist fast so bekannt wie die Überheblichkeit von Starfleet selbst.«

Die Kolonisten sahen von einem Gegenspieler zum anderen. Ihre Köpfe bewegten sich so schnell, als verfolgten sie ein spannendes Tennis-Match.

Zaks Zorn wuchs. Ihm fiel es immer schwerer, sich zu zügeln. »Hör zu, ich versuche, höflich zu dir zu sein.«

»Wirklich?« sagte Gowr hinter dem größeren und stärkeren Kodash. »Wenn du versuchst, uns zu beleidigen, müßten deinen Worten Taten folgen.«

»Bitte, meine Herren!« sagte Tania und versuchte, die Situation wieder unter Kontrolle zu bekommen. Doch obwohl sie im Normalfall eine beträchtliche Autorität ausstrahlte, ging es einfach über ihre Fähigkeiten, einen Klingonen und einen Brikar zu beruhigen, wenn sie so aufgebracht waren.

»Du möchtest mich doch nicht wütend machen«, sagte Zak gefährlich leise. »Frage ruhig alle Anwesenden. Sie haben gesehen, wozu ich imstande bin. Sie haben gesehen, wie stark ich bin.«

»Stärke ist nicht alles«, spottete Kodash. »Es kommt auch auf Geschwindigkeit, Gewandtheit, Begabung und hauptsächlich Intelligenz an.«

»Ach ja ...?«

Tania legte eine Hand auf Kebrons Arm. »Zak, laß es gut sein«, sagte sie leise.

Aber er schüttelte ihre Hand ab. »Was hast du überhaupt hier zu suchen«, fuhr er fort, »wenn Intelligenz von so ausschlaggebender Bedeutung ist?«

Kodash schien am ganzen Leib zu zittern. Er ballte die Fäuste und hielt sie dicht über seiner Gürtelschnalle.

Und dann griff er Zak an.

Kebron lächelte und spreizte zuversichtlich die Beine. Da er vermutete, er würde ihn sowieso kaum spüren, machte er nicht die geringste Anstrengung, den ersten Hieb des Klingonen abzuwehren.

Seine Vermutung war jedoch falsch. Kodash hatte aus seiner Gürtelschnalle einen handtellergroßen Nervenlähmer gezogen, und als seine flache Hand Zaks Brust berührte, verspürte der Brikar einen starken Stromstoß in seinem gesamten Körper. Seine dicke Haut bot etwas Schutz, aber keinen hundertprozentigen. Er taumelte und versuchte, sich zusammenzureißen.

Kodash stürmte auf seinen starken Beinen vor und prallte wie ein Rammbock gegen Zak. Der Brikar taumelte rückwärts durch die Tür, und Kodash folgte ihm auf der Stelle.

8

»Also«, sagte Worf nach einem Augenblick, der ewig zu währen schien. »Du bist K'Ehleyr.«

»Und du bist Worf, Sohn des Mogh.«

»Ja.«

»Na schön.« Sie trommelte mit den Fingern auf den Konferenztisch. »Was tut der Sohn eines Klingonen unter Söhnen von Menschen?«

»Meine Pflicht«, erwiderte er scharf.

»Wie wir alle«, gestand sie ein. »Aber wo liegt deine Pflicht? Das ist für mich eine wichtige Frage.«

»Das sollte doch offensichtlich sein.«

»Ist es aber nicht. Sag mir, Worf, wie bist du unter diese Menschen gekommen?«

Sie betrachtete ihn mit großem Interesse, aber sie hatte trotzdem etwas an sich, das Worf Unbehagen bereitete. Fragte sie, weil es sie persönlich interessierte? Oder wollte sie ihn aus irgendeinem Grund lediglich aushorchen?

Er kam zu der Erkenntnis, daß dies letztlich keine Rolle spielte. Er hatte nichts zu verbergen.

»Meine Familie war auf dem wissenschaftlichen Außenposten Khitomer stationiert.«

Ihr ging ein Licht auf. »Das historische Khitomer«, sagte sie. »Der Planet, auf dem der große Friedensvertrag von 2293 geschlossen wurde. Und 2346 der Schauplatz eines großen Angriffs der Romulaner.«

»Du bist in Geschichte ziemlich beschlagen.«

»Sie hat mich schon immer interessiert.« Sie betrachtete ihn. »Also warst du dort? Während des Angriffs?«

»Ja. Ich war damals viel jünger.«

»Offensichtlich.« Sie dachte einen Augenblick lang nach. »In allen Werken, die ich über diese Tragödie gelesen habe, stand, daß es nur wenige Überlebende gab. Du warst also einer der Glücklichen?«

»Alles in allem kam ich mir damals nicht sehr ›glücklich‹ vor. Ich wurde von einem Starfleet-Offizier gerettet, einem Menschen namens Sergey Rozhenko. Er nahm mich mit nach Gault, einem Planeten, auf dem hauptsächlich Ackerbau betrieben wird, und brachte mich schließlich zur Erde. Er und seine Frau zogen mich wie ihr eigenes Kind auf.«

»Abgesehen davon, daß du dich nicht Worf, Sohn des Sergey Rozhenko, nennst, oder?«

»Man kann seine Herkunft nicht vergessen«, erwiderte er.

»Nein. Das kann man nicht. Deshalb bin ich neugierig, wo deine Loyalität liegt. Du wurdest als Mensch aufgezogen, bist aber offensichtlich ein Klingone. Wo liegen also deine Prioritäten? Fühlst du dich den Menschen oder den Klingonen verpflichtet?«

»Ich bin mir selbst treu«, erwiderte er. »Dies ist akzeptabel, solange es nur einen von mir gibt. Und auch, falls es nie mehr einen Klingonen in Starfleet geben sollte. Es wäre nicht akzeptabel, meine Treue aufzuspalten.«

»Willst du damit sagen, du wärest bereit, auf der Seite der Föderation gegen Klingonen zu kämpfen?«

Er betrachtete sie neugierig. »Warum sollte solch ein Kampf nötig sein? Wir sind doch jetzt Verbündete.«

Sie erhob sich und schritt auf und ab. »Worf, die Dinge verändern sich. Politik ist eine flatterhafte Disziplin. Heute mögen wir alle Freunde und Partner sein, aber morgen sind wir vielleicht schon wieder Todfeinde. Wenn dein Seelenfrieden vom Status quo abhängt, könntest du dich sehr leicht in einer schwierigeren Situation wiederfinden, als du je erwartet hast. Und was wirst du dann tun, Worf, Sohn des Mogh?«

Er schwieg einen Augenblick lang. »Ich werde tun, was richtig ist«, sagte er dann. »Ich glaube nicht, daß man von irgend jemandem mehr erwarten kann.«

Sie wollte etwas darauf erwidern, als sie draußen plötzlich einen Aufruhr hörten. Zu seiner Bestürzung erkannte Worf mindestens eine der Stimmen ganz deutlich.

Worf war auf den Füßen, sprang über den Tisch und erreichte die Tür vor K'Ehleyr. Er stürmte hinaus und prallte entsetzt – aber leider nicht überrascht – vor dem Bild zurück, das sich ihm bot.

Zak und Kodash prügelten sich mitten auf dem Dorfplatz der Kolonie. Kolonisten liefen rufend und auf die Kampfhähne zeigend zusammen, doch niemand wagte es, sich ihnen zu nähern. Es war völlig verständlich, daß die Zuschauer einen sicheren Abstand einhielten, denn der Klingone und der Brikar meinten es ernst.

Kodash hielt Zak im Würgegriff und setzte erneut den Nervenlähmer ein. Der Brikar zuckte und wand sich in Kodashs Griff. Dann gelang es ihm, Tritt zu fassen, und er riß sich los und stieß Kodash zurück. Bevor der Klingone sich erholen konnte, stürmte Zak vor und schlug ihm gegen die Brust. Kodash ging zu Boden, und der Brikar warf sich auf ihn. Dem Klingonen gelang es gerade noch rechtzeitig, ihm auszuweichen.

Die Ironie der Situation entging Worf keineswegs. Als er Zak Kebron zum erstenmal gesehen hatte, war es zwischen ihnen zu einer Prügelei gekommen. Sie waren – von Sicherheitswächtern Starfleets – voneinander getrennt worden, bevor sie sich die Köpfe einschlagen konnten. Nun fand Worf sich in der bizarren Situation wieder, den Friedensstifter spielen zu müssen.

Er stellte sich zwischen die beiden und ignorierte das plötzliche Gefühl, daß er sein Leben aufs Spiel setzte. Ungeachtet dessen mußte er diese Prügelei sofort beenden.

»Aufhören!« donnerte er. »Alle beide!«

»Das geht dich nichts an, Worf!« sagte Zak. »Außerdem hat er angefangen!«

»Ich?« erwiderte Kodash. »Du warst derjenige, der ...«

»Mir ist es völlig egal, wer angefangen hat!«

brüllte Worf. »Ich weiß nur, daß ich dem ein Ende mache! Ihr werdet die Feindseligkeiten sofort einstellen!«

»Oder was?« schnaubte Kodash. »Oder du wirst mich dazu zwingen? Das möchte ich gern sehen!«

»Das kann ich mir vorstellen«, sagte Worf. »Aber darauf werde ich mich nicht einlassen.«

»Hast du Angst?« forderte Kodash ihn heraus. »Hat Starfleet dich zu einem Feigling gemacht?«

»Siehst du!« sagte Zak. »So redet er schon die ganze Zeit über!«

»Nein, Starfleet hat mich nicht zum Feigling gemacht«, erwiderte Worf. »Aber auch nicht zu einem tobenden Narren.«

»Du nennst mich einen Narren?« schnappte Kodash.

Doch mittlerweile war K'Ehleyr hinter Worf getreten. »Du hast lediglich angenommen, daß er dich damit meint, Kodash«, sagte sie scharf. »Und hätte er es getan, würde ich ihm keine Vorwürfe machen. Jetzt benimm dich.«

Kodash funkelte sie an. »Hätte man dich nicht zur Anführerin dieser Mission ernannt...«

»Aber das hat man, Kodash. Das hat man. Debattiere, so viel du willst, aber ich habe die Befehlsgewalt. Benimm dich, habe ich gesagt. Ist das klar?«

Kodash schien seine Möglichkeiten abzuwägen. Er konnte sich K'Ehleyrs Befehl widersetzen und sie angreifen. Oder Worf. Oder Zak, wegen dem es überhaupt zu der ganzen Sache gekommen war.

Schließlich seufzte er laut und so wütend, daß jeder wußte, was er von dem Befehl seiner Vorgesetzten hielt. »Wie du wünscht, K'Ehleyr«, sagte er.

»Ich« – und er warf Worf einen bezeichnenden Blick zu – »kenne meine Pflichten.«

»Wie schön für dich«, sagte Worf.

Die Kolonisten sahen, daß die Show vorüber war, und entfernten sich wieder. Zak und Kodash gingen ebenfalls, aber in verschiedene Richtungen und nicht, ohne sich wütende Blicke zuzuwerfen. Tania, die die Prügelei ebenfalls verfolgt hatte, schaute etwas besorgt drein, als sie zu Worf ging. »Das hast du ausgezeichnet gemacht«, sagte sie zu ihm.

»Wie ist es dazu gekommen?« fragte Worf.

Sie erzählte es ihm schnell. »Aber zum Glück warst du ja hier«, beendete sie ihren Bericht.

Er wollte ihr sagen, daß sie offensichtlich alles getan hatte, was in ihrer Macht stand. Aber dann bemerkte er, daß K'Ehleyr ihn musterte, als wolle sie ihn abschätzen. Sie war die Anführerin ihrer Gruppe, wie er der Anführer der seinen war. Und plötzlich verspürte er aus Gründen, die ihm unbekannt blieben, eine gewaltige Last auf seinen Schultern.

Er runzelte finsterer die Stirn, als Tania es je bei ihm beobachtet hatte, was sie verwirrte. Und dann sagte er zu ihrem Erstaunen: »Das hättest du nicht zulassen dürfen, Tania.«

»*Ich?*« Sie verbiß sich ein Lachen. »Wie sollte ich das denn verhindern? Die hätten mich einfach niedergewalzt.«

»Du warst die leitende Technikerin. Damit fällt die Sache unter deine Verantwortung. Ich schlage vor, daß du in Zukunft die Situation fester unter Kontrolle hältst, *bevor* es zu einer Gewalttätigkeit kommt. Hast du das verstanden?«

Sie hielt den Kopf schräg und betrachtete ihn

neugierig. »Allerdings, *Sir*, Mr. Worf. Was habe ich mir dabei nur gedacht? In Zukunft, Mr. Worf, werde ich sofort dazwischentreten, auch wenn ich dabei umkommen kann, denn ich möchte Sie nicht enttäuschen, Mr. Worf, *Sir*.«

Sie drehte sich auf dem Absatz um und ging davon.

Er spürte eher, als er es sah, daß K'Ehleyr hinter ihm nickte. »Du hattest absolut recht, Worf. Sie hat die ganze Situation schlecht gehandhabt. Sie darf nicht zulassen, daß Leute, die unter ihrem Befehl stehen, dermaßen außer Kontrolle geraten. Wenn wir keine Kontrolle, keine Disziplin, haben, haben wir gar nichts mehr. Meinst du nicht auch?«

»Natürlich«, sagte er gezwungen.

Sie hielt einen Augenblick lang inne. »Beabsichtigst du«, fragte sie dann, »sie deinen Vorgesetzten zu melden?«

»Nein, das halte ich nicht für notwendig.«

»Sie war ziemlich aufsässig, wenn du mich fragst...«

Er drehte sich zu ihr um. »Ich habe dich nicht gefragt«, sagte er scharf. »Komm, die nächsten Leute, die einen Schiedsspruch suchen, müßten jeden Augenblick hier sein. Wir sollten sie nicht warten lassen.«

Er kehrte in das Gebäude zurück, und eine neugierige K'Ehleyr folgte ihm schweigend.

9

Mehrere Tage waren verstrichen. Paul Dini und Khard hatten den Beschluß gefaßt, den beiden Kadetten-Teams eine Feier auszurichten. Kein Riesenfest natürlich, da den Kolonisten keine großen Mittel zur Verfügung standen. Aber es war mehr als angemessen.

Leider unterschieden sich die klingonischen und terranischen Auffassungen darüber, was gutes Essen ausmachte, beträchtlich. Und so tischte Dini ein Mahl auf, das irgendwo dazwischen lag und letztlich für keinen völlig befriedigend, aber zumindest nicht völlig ungenießbar war.

Das Abendessen fand in einem der Mehrzweck-Gebäude statt. Es diente nicht nur als Dinis Büro, sondern auch als sein Quartier. Und es verfügte über einen großen Speisesaal für Gäste, in dem sie sich gerade aufhielten.

Nach der besten Tradition von Camelot war der Tisch im Speisesaal rund, so daß es keinen Kopf gab, an dem jemand Platz nehmen konnte. Die einzelnen Personen konnten sich dorthin setzen, wo es ihnen beliebte, und keinem Platz wurde eine besondere Bedeutung beigemessen. Nichtsdestoweniger drängten sie sich gruppenweise zusammen. Die Starfleet-Kadetten saßen nebeneinander, und die Klingonen ebenfalls. Professor Trump jedoch hatte sich bewußt so hingesetzt, daß es eine körperliche Brücke zwischen den beiden

Gruppen gab: Soleta saß links, Gowr rechts von ihm.

Worf beobachtete mit Bewunderung, wie Trump sich angenehm mit der klingonischen Delegation unterhielt.

Soleta sah sich um. »Wo ist McHenry?« fragte sie.

Worf stellte nun ebenfalls fest, daß Mark McHenry fehlte. Er runzelte die Stirn. »Er ist noch nicht hier?« fragte er.

»Offensichtlich nicht«, erwiderte Soleta.

Tania drehte sich um und sah Worf an. »Soll ich ihn für Sie suchen, *Mr. Worf?*« fragte sie spitzfindig.

Die leichte Schärfe in ihrer Stimme war für jeden am Tisch deutlich herauszuhören. Worf wand sich unbehaglich auf seinem Stuhl. »Nein. Das wird nicht notwendig sein. Ich werde ihn schon finden.«

»Sind Sie nicht imstande, auf Ihre Leute aufzupassen, Mr. Worf?« fragte Gowr.

»Starfleet-Personal«, sagte Trump, bevor Worf antworten konnte, »kann auf sich selbst aufpassen, Gowr. Mr. McHenry wird im Augenblick wahrscheinlich Kolonisten helfen, die sich in einer schwierigen Lage befinden, und hat daher wohl nicht auf die Zeit geachtet. Mr. Worf wird jedoch so freundlich sein, ihn zu suchen und daran zu erinnern, wie spät es ist. Richtig, Mr. Worf?«

»Absolut«, sagte Worf. Und dann fügte er hinzu: »Und Mr. Tobias wird mir helfen.«

Er sah Tania geradewegs an, und nun war es an ihr, sich unbehaglich zu fühlen. Doch sie zögerte nur einen Augenblick lang, stand dann auf und sagte höflich: »Ja, Sir.« Und mit diesen Worten folgte sie Worf zur Tür hinaus.

Sie waren kaum draußen und auf der Straße, als

Worf sich zu ihr umdrehte. »Würdest du mir vielleicht verraten«, sagte er gereizt, »wo das Problem liegt?«

»Ich? Was für ein Problem könnte ich denn haben?«

»Du bist seit einigen Tagen unfreundlich und formell zu mir.«

»Ein Untergebener muß einem befehlshabenden Offizier gegenüber gewisse Formalitäten beachten. Hast du das nicht gewußt?«

Sie wollte weitergehen, doch er ergriff ihren Arm und zog sie zurück. »Tania, ich dachte, wir wären Freunde...«

Ihr Kinn zuckte. »Ja«, sagte sie wütend, »das dachte ich auch. Dann hast du dich entschlossen, mich herunterzuputzen, nur um deine klingonische Freundin zu beeindrucken...«

»Sie ist nicht meine Freundin!« sagte Worf entrüstet. »Und ich hatte das Recht, dir etwas zu sagen; du hättest verhindern müssen, daß die Situation dermaßen eskaliert. Es ist eine Frage der Verantwortung...«

»Nein, Worf, es ist eine Frage des Respekts. Und dein Bedürfnis, K'Ehleyrs Respekt zu bekommen, war dir wichtiger als die Rücksichtnahme auf mich.«

»Ich bringe dir sehr viel Rücksicht entgegen«, sagte er steif. »Du hast einfach nur Schwierigkeiten, mit Kritik fertigzuwerden...«

»Nein, das habe ich nicht«, erwiderte sie hitzig. »Ich bin viel wütender darüber, wie du es gesagt hast, als darüber, was du gesagt hast. Wenn du ein Problem mit mir hast, oder damit, wie ich einen Auftrag erfülle, solltest du unter vier Augen mit mir sprechen. Hast du das kapiert? Wir beide, du und ich. Alle Meinungsverschiedenheiten sollten stets auf diese Weise ausgeräumt werden: unter vier Augen. So verhindert man, daß der Untergebene den Eindruck hat, er würde vor Gleichrangigen lächerlich gemacht. Und so kann er sich seinem befehlshabenden Offizier gegenüber verteidigen, ohne daß es einer Insubordination gleichkommt.«

»Die Klingonen handhaben die Dinge anders. Man sagt, was man auf dem Herzen hat, und trägt die Konsequenzen, die seine Taten mit sich bringen. Es ist irrelevant, wer etwas davon mitbekommt.«

»Dann habe ich eine große Neuigkeit für dich, Worf. Du bist nicht Mitglied einer klingonischen Mannschaft. Du bist Mitglied eines Starfleet-Teams; zumindest hat man dich dafür ausgebildet. Und wenn du damit Schwierigkeiten hast, solltest du dich vielleicht tatsächlich mit deinen klingonischen Freunden zusammentun.«

Ihre Reaktion verblüffte Worf. Sie schien in keinem Verhältnis zu dem Zwischenfall zu stehen, der sie ausgelöst hatte.

Aber er wußte, daß es ihm nicht schadete, dann und wann etwas flexibler zu reagieren.

»Tania«, sagte er so sanft, wie er konnte, »es tut mit leid. Es tut mir sehr leid, daß ich dich aus der Fassung gebracht habe, und ich werde tun, was ich kann, um zu gewährleisten, daß es nicht noch einmal vorkommt.«

Sie drehte sich um und betrachtete ihn im schwächer werdenden Tageslicht. »Wirklich? Du meinst es ernst?«

»Natürlich meine ich es ernst«, sagte er. Und dem war tatsächlich so. Er wußte durchaus, daß es bei den Gefühlen der Menschen Feinheiten gab, die er noch nicht begriffen hatte und vielleicht nie begreifen würde. Aber wenn er in allen Angelegenheiten stur blieb, bis er sie verstand – wann immer das sein mochte – würde er bei den Menschen in seiner Umgebung sehr viele verletzte Gefühle zurücklassen. Und so konnte und wollte er nicht leben.

Schließlich lächelte sie, und dann trat sie vor und umarmte ihn kurz. »Danke«, sagte sie. »Und ... mir tut es auch leid.«

»Was?«

»Du weißt schon.«

»Ja. Natürlich«, sagte er steif, obwohl er es nicht wußte. Doch er war zur Einsicht gelangt, daß es besser war, einfach zu nicken und es zu akzeptieren. »Es ist schon in Ordnung. Also – zur zweiten Schwierigkeit des Abends. Wo ist McHenry?«

»Eigentlich ist das gar kein Problem.« Sie deutete an ihm vorbei. »Dort.«

Und tatsächlich, der rothaarige Kadett ging über die Straße, schaute nach oben und hielt den Tricorder hoch, den er bei dem Pokerspiel auf der *Repulse* gewonnen hatte. Er lächelte verträumt und schien mit seinem neuen »Spielzeug« überaus zufrieden zu sein. Gleichzeitig stellte er seine bemerkenswerte Fähigkeit unter Beweis, mehrere Dinge gleichzeitig tun zu können, denn er steuerte zielsicher um Passanten herum, ohne sie auch nur eines Blickes zu würdigen.

»Mac!« rief Tania.

Er sah in ihre Richtung und kam dann, noch immer mit einem Auge auf den Tricorder sehend, zu ihr und Worf hinüber. »Hallo«, sagte er.

»Wirst du nicht irgendwo erwartet?« fragte sie mit vor der Brust verschränkten Armen.

Er betrachtete sie neugierig. »Ist das eine Scherzfrage?«

»Wir sollten uns doch mit den anderen zum Abendessen treffen«, erinnerte Worf ihn.

McHenry schaute überrascht drein. »Ist es schon achtzehn Uhr?«

»Ja.«

»Hm. Das ist aber ärgerlich. Ich habe den Tricorder programmiert, mich automatisch daran zu erinnern, wenn es an der Zeit ist, zu diesem Abendessen zu gehen. Und er hat es nicht getan. Vielleicht stimmt etwas nicht mit ihm.« Er hielt inne. »Ich weiß«, sagte er dann.

»Jetzt schlägt er wieder mit der Faust drauf«, seufzte Worf.

So ging Mark McHenry mit jedem Gerät um, das ihm Probleme zu bereiten schien. Es war aus zweierlei Gründen ärgerlich: Erstens, weil es eine völlige Mißachtung der Empfindlichkeit des betroffenen Geräts darstellte; und zweitens, weil es – und das war noch schlimmer – stets zu funktionieren schien.

»Warte, laß mich das Ding mal ansehen«, sagte Tania, aber es war schon zu spät. McHenry versetzte dem Ding einen Schlag auf die Seite, und im nächsten Augenblick piepste der Tricorder gehorsam.

»Ah«, lächelte er und ignorierte Tanias Stirnrunzeln. »Na also. Die Schaltuhr war...«

Doch plötzlich runzelte er die Stirn, ein Ausdruck, der sich nur selten auf sein Gesicht legte. »Wo kommt das denn her?« fragte er.

»Was kommt woher?«

McHenry beantwortete Worfs Frage nicht. Statt dessen reckte er plötzlich den Kopf himmelwärts und hielt den Tricorder hoch.

Und dann setzte er sich plötzlich in Bewegung und rief: »Geht in Deckung!« Er lief zu Paul Dinis Haus und ließ Worf und Tania verwirrt stehen.

»Was ist los mit ihm?« fragte Tania.

Plötzlich schien die Luft in ihrer Nähe zu knistern, und dann explodierte der Boden.

Tania und Worf wurden in verschiedene Richtungen geschleudert. Worf prallte gegen die Wand eines Schlafsaals. Darin hörte er Schreie und Rufe der Verwirrung. Dann regneten Strahlen von zerstörerischer Kraft herab. Die holprigen Straßen der Stadt wurden von Energiestößen zerfressen. Einer der Stöße traf ein Lagerhaus, in dem Getreide von einer äußerst anpassungsfähigen Sorte aufbewahrt wurde, die die Kolonisten auf der trockenen Oberfläche des Planeten säen wollten. Das Gebäude explodierte, und überall regnete Getreide in gewaltigen Sturzbächen herab.

Worf rappelte sich gerade noch rechtzeitig wieder auf, um zu sehen, wie sich ein gewaltiger Getreideberg auf Tania ergoß. Sie streckte die Arme nach ihm aus, war aber zu weit entfernt, und im nächsten Augenblick war sie unter dem Getreide begraben.

Er stürmte vor, ohne auf die Gefahr zu achten. Überall um ihn herum erloschen plötzlich die Lichter, und er begriff, daß der Hauptgenerator und vielleicht auch die Notaggregate getroffen worden sein mußten. Aber das war ihm im Augenblick völlig egal. Für ihn war nur wichtig, Tania zu retten.

Er warf sich hinein, schaufelte Getreide zur Seite und grub sich, so schnell er nur konnte, zu Tania

durch. Er brüllte ihren Namen, rief, sie solle durchhalten. Es schien ewig zu dauern, und er konnte sie einfach nicht finden. Er verzweifelte bereits und dachte schon daran, wie er als junger Klingone bei dem Angriff der Romulaner auf Khitomer lebendig begraben worden war.

Doch dann berührten seine Finger ein Handgelenk, und er hielt es fest. Eine Hand schloß sich um seinen Oberarm. Er wußte, ihm blieben nur noch ein paar Sekunden, und er zog, so fest er konnte, und hoffte, er würde ihr dabei nicht den Arm aus der Gelenkpfanne reißen. Zuerst nahm er keine Bewegung wahr, doch als sie sich dann rührte, schwankte er leicht. Er trat einen Schritt zurück, und dann noch einen, und dann glitt Tania Tobias aus dem Getreideberg. Sie keuchte und spuckte Körner aus, als sie gierig versuchte, Luft in ihre Lungen zu saugen. Jeder Zentimeter von ihr war mit Getreide bedeckt, und sie griff hektisch und blindlings in die Luft.

»Du bist in Ordnung!« rief er ihr in dem Versuch zu, ihre Panik zu durchdringen. »Du bist in Ordnung!«

Zuerst sagte sie nichts. Ihre Brust hob und senkte sich rasend schnell. Sie hustete und spuckte weiter Getreide auf den Boden.

»Tania ...«

Als sie diesmal seine Stimme hörte, nickte sie. »Ich weiß«, flüsterte sie heiser. »Ich weiß, ich bin in Ordnung. Was ist passiert? Was, zum Teufel, ist passiert?«

»Wir wurden angegriffen.«

Sie starrte ihn mit glasigen Augen an. »Mach keine Witze.«

Er spreizte die Beine und hob sie hoch. »Versuche, nicht zu sprechen«, warnte er sie.

Sie nahm ihn beim Wort und nickte.

Er lief, so schnell er konnte. Ihr zusätzliches Gewicht behinderte ihn nicht im geringsten. Nach einem Augenblick hatte er Paul Dinis Kommandozentrale erreicht.

Der Eßtisch hatte eine ganz neue Funktion bekommen. Vor dem Angriff war auf ihm das Essen aufgetragen worden. Nun kauerten fast alle Gäste darunter und suchten Schutz vor Deckenteilen, die von der Explosion abgesprengt worden waren.

Die einzigen, die nicht unter dem Tisch kauerten, waren McHenry und Zak. Beide liefen gerade zur Tür, zweifellos, um Worf und Tania zu suchen. Als Worf hereinkam, trat Zak augenblicklich vor ihn und schirmte die beiden mit seinem Körper ab. »Seid ihr in Ordnung?« rief er.

»Ja«, sagte Worf und legte Tania zu Boden. »Zumindest den Umständen entsprechend, wenn man berücksichtigt, daß jemand versucht, uns zu töten.«

Die Explosionen schienen jedoch aufgehört zu haben. Augenblicklich kamen alle unter dem Tisch hervor, und Dini rief: »Ich gehe zur Überwachungszentrale!«

»Ich begleite Sie!« sagte Worf. »Kebron, McHenry, kommt mit.« Und dann wurde ihm klar, daß er seine Befugnisse vielleicht überschritten hatte, indem er Befehle bellte, während der Professor doch anwesend war. Er drehte sich zu Trump um, um sich verspätet dessen Erlaubnis einzuholen.

Doch Trump nickte nur.

»Was ist mit mir?« sagte Soleta. Sie zeigte keine

Verärgerung darüber, zurückgelassen zu werden, doch es machte ihr eindeutig zu schaffen.

»Du bist die einzige von uns, die etwas von Medizin versteht«, erwiderte Worf. »Kümmere dich um Tania. Wir sind bald zurück.«

»Ich komme ebenfalls mit«, sagte K'Ehleyr nun. »Und Gowr wird mich begleiten.«

»Was ist mit mir?« fragte Kodash.

»Du bleibst hier.«

»*Warum?*«

»Weil ich es leid bin, daß du dich jedesmal mit dem Brikar prügelst, wenn ihr zusammen seid. Wir brauchen jetzt keinen Streit, sondern Kooperation.«

»Na schön«, knurrte Worf. »Gehen wir.«

Tania sah zu, wie Worf, K'Ehleyr und die anderen zur Tür hinausliefen. Sie lag flach auf dem Boden und schüttelte wütend den Kopf.

Das Gefühl störte sie einfach – einmal abgesehen davon, daß sie Worf mochte –, daß irgendein ›Wettstreit‹ um Worfs Loyalität stattfand. Er war Mitglied von Starfleet, einer von ihnen. Doch fühlte er sich nun, da er von Klingonen umgeben war, vielleicht hin- und hergerissen? Würden die Starfleet-Kadetten, wenn es an der Zeit war, Dantar IV wieder zu verlassen, ohne ihn abfliegen müssen?

Die Vorstellung, daß die Klingonen Worf ein Gefühl von Freundschaft, einer geistigen Gemeinschaft, vermitteln konnten, die ihm kein Angehöriger der Akademie bieten konnte, verdroß Tania ungemein. Man wollte immer für einen seiner Freunde ›da sein‹. Und wenn man nun feststellen mußte, daß man in dieser Hinsicht zu kurz kam...

Nein, dieses Gefühl behagte ihr überhaupt nicht.

Kodash hingegen fluchte ungehalten, schnappte sich einen Tricorder und stapfte zur Tür hinaus.

Soleta wußte nicht, wohin er ging, und es war ihr auch ziemlich gleichgültig. Sie hatte selbst genug Sorgen. Obwohl sie sich auf die Ausbildung zum Wissenschaftsoffizier spezialisiert hatte, war sie – ihre Eltern waren beide Ärzte – auf Vulkan in den Grundbegriffen der Heilkunst unterwiesen

worden. Die vulkanische Physiologie unterschied sich natürlich von der menschlichen, doch ein gebrochener Knochen blieb ein gebrochener Knochen.

Sie fand zum Glück keine solchen Verletzungen bei Tania. Doch diese war überaus aufgeregt und verwirrt. Ihr Herzschlag war beschleunigt, und ihr Puls hämmerte so heftig, daß Soleta glaubte, Tania würde jeden Augenblick ohnmächtig werden.

»Leg dich zurück«, sagte sie leise. »Entspanne dich.«

»Entpannen? Bist du verrückt? Wie soll ich mich entspannen, wenn...«

Soletas Finger streiften Tanias Stirn. So schwach und leicht die Berührung auch sein mochte, ihr Geist berührte den Tanias, und sie wiederholte: »Entspanne dich.«

97

Tanias Kopf sackte gehorsam zurück. Ihre Augen schlossen sich. »Weißt du«, sagte sie geistesabwesend, »ich sollte mich wirklich entspannen.«

»Ja, das wäre eine ausgezeichnete Idee«, pflichtete Soleta ihr bei.

10

»Das hat keinen Sinn.«

Die Überwachungszentrale war, wie der Name schon andeutete, der Raum, in dem alle Aktivitäten und Systeme in der gesamten Kolonie überwacht wurden. Hier standen die Computer und Meßgeräte, mit denen man die zahlreichen Prozesse, die die Kolonie in Gang hielten, kontrollieren konnte. Und im Augenblick war die Leiterin der Überwachungsabteilung, Greenberg, alles andere als optimistisch.

Sie deutete auf eine Reihe von Bildschirmen. Mehrere zeigten gar nichts, auf zweien flimmerte statisches Rauschen. Und diejenigen, die noch funktionierten, lieferten ihr Daten, die keineswegs vielversprechend waren.

»Der Notgenerator ist jetzt in Betrieb«, sagte sie. »Wir haben also wenigstens ein Minimum an Energie. Aber unsere Langreichweiten-Sensoren sind ausgefallen, ganz zu schweigen von den planetarischen Verteidigungssystemen.«

»Was für Verteidigungssysteme?« fragte K'Ehleyr.

»Zwei feststehende Phaser-Kanonen.«

»Und...?«

»Und das war's«, sagte Mrs. Greenberg.

K'Ehleyr schaute entsetzt drein. »Mehr nicht? Sie verfügen lediglich über zwei feststehende Phaser-Kanonen?«

»Was ist mit denen da?« sagte Worf und deutete auf einen Bildschirm, der eine Landebahn zeigte, auf der mehrere kleine Raumschiffe standen. »Sind Waffen an Bord dieser Schiffe?«

Dini schüttelte den Kopf. »Das sind lediglich Transportschiffe. Für den Notfall, und so weiter...«

»Die Angreifer haben sie nicht beschädigt.« Worf fuhr mit der Hand über sein Kinn. »Warum wohl nicht?«

»Aus demselben Grund, aus dem sie diese Siedlung nicht einfach vernichtet haben«, sagte Kebron. »Sie wollen erhalten, was sie selbst noch benutzen können.«

»Etwas besseres fällt dir nicht ein, Brikar?« sagte Gowr und machte sich nicht die geringste Mühe, seine Verachtung zu verbergen. »Das ist doch lächerlich! Nein, sie spielen nur mit uns...«

»Du glaubst wohl, alles zu wissen, was, Klingone?«

»Man muß nicht alles wissen, um weit mehr als du zu wissen...«

»Hört auf damit! Beide!« rief Dini. »Das ist abs...«

»Sie haben sie getroffen.«

Das hatte McHenry gesagt. Sie alle drehten sich um und schauten den leise sprechenden Astronavigator an, der seinerseits seinen Tricorder betrachtete.

»Was meinen Sie damit? Wer hat wen getroffen?«

»Die Phaser-Kanonen«, erwiderte McHenry. »Der Angriff weist einen Emissionsabfall aus, der mit dem plötzlichen Energieverlust übereinstimmt, der bei einem direkten Treffer entstünde. Offensichtlich haben die Kanonen ein paar automatische Schüsse abgegeben, bevor sie ausfielen.«

»Wie kannst du das anhand der Daten eines Tricorders feststellen?« fragte Gowr. »Das ist unmöglich! Kein Tricorder hat eine solche Reichweite!«

»Der hier schon«, sagte McHenry ruhig.

Abrupt wurde die Tür aufgerissen, und Kodash stand auf der Schwelle. K'Ehleyr funkelte ihn wütend an. »Was hast du hier zu suchen?« fauchte sie. »Ich habe dir doch gesagt, du sollst...«

»Ich weiß, was du mir gesagt hast«, erwiderte er. »Und während ich dort gewartet habe, habe ich eine Analyse der Partikelstrahlung dieser verdammten Energiestöße vorgenommen. Möchtest du gern wissen, was ich herausgefunden habe?« Er richtete einen Finger auf die Starfleet-Kadetten. »Es handelt sich bei den Waffen um Phaser, wie die Föderation sie benutzt. Wir wurden von einem Föderations-Schiff beschossen. Wahrscheinlich von einem Starfleet-Schiff!«

»Das ist doch lächerlich!« fauchte Zak. »Warum sollte ein Starfleet-Schiff diese Kolonie angreifen?«

»Weil Klingonen hier sind! Warum sonst?«

»Das ist eine verrückte Beschuldigung«, warf Worf ein.

»Ach ja? Und warum?« Gowr nahm Kodash' Gedankengang auf. »Das wäre doch die perfekte Methode, um einen Haufen stinkender Klingonen loszuwerden, oder etwa nicht?« sagte er verächtlich. »Niemand würde auch nur auf den Gedanken kommen, die Föderation wäre moralisch so verderbt, ihre eigenen Leute zu töten, um an die klingonischen Kolonisten heranzukommen.«

»Du hast genauso wenig Ahnung von der Föderation, wie du von allem anderen Ahnung hast«, sagte Zak und ballte seine dreifingrigen Hände zu Fäusten.

»Hört sofort mit diesem Wahnsinn auf!« sagte Worf. K'Ehleyr versuchte ebenfalls, ihre Leute zu beruhigen. Dini stellte beruhigt fest, daß es Worf und K'Ehleyr gelang, ihre Untergebenen unter Kontrolle zu halten, und wandte sich Mrs. Greenberg zu, um mit ihr die nötigen Reparaturen zu besprechen.

Mittlerweile gab McHenry seelenruhig Informationen des Tricorders in den Computer der Kolonie ein. »Wenn ihr wollt«, sagte er, »kann ich euch ein Bild des Angreifers zeigen.«

»Ja, unbedingt«, schnaubte Gowr. »Zeige uns das Antlitz des Feindes.«

»Deine Angriffe auf den Ruf der Föderation sind wahrlich bemitleidenswert«, sagte Worf.

In diesem Augenblick erschien ein Bild auf dem Monitor, und fast alle Anwesenden schnappten fassungslos nach Luft.

Langsam drehte Zak Kebron sich zu den erstaunten K'Ehleyr, Gowr und Kodash um. »Berichtigt mich, falls ich mich irren sollte«, sagte er. »Aber es scheint sich um ein klingonisches Schiff zu handeln. Richtig oder falsch?«

»Das ... das ist ein Trick!« fauchte Gowr abwehrend.

»Ach ja? Auf einmal?« Zaks Stimme wurde lauter und wütender. »Und wer täuscht hier wen? Vielleicht ist jeder Kolonist auf dieser Welt die Zielscheibe eures seltsamen kleinen Streichs!«

»Ich sage dir, das kann nicht sein! Warum sollte ein klingonisches Schiff auf diese Welt feuern?«

»Sieh an!« prahlte Zak. »Gerade eben wolltest du noch so bereitwillig glauben, daß die Föderation dafür ihre Gründe hat. Und jetzt willst du mir sagen, daß ein Volk, das eine lange Geschichte des Verrats aufweist, nicht ebenfalls einige finstere Gründe für so ein Vorgehen haben könnte ...«

»Das reicht!« schnappte Worf. »Hört sofort auf! Alle beide!«

»Ja«, pflichtete K'Ehleyr ihm bei, »das ist mehr als genug.«

»Wir wissen nicht, was da oben vorgeht«, fuhr Worf fort. »Also müssen wir ...«

»Wichtig ist in erster Linie«, unterbrach Dini ihn, »daß wir uns verteidigen können, falls der Angreifer zurückkehren sollte!«

»Und zurückkommen wird er aller Wahrscheinlichkeit nach«, sagte McHenry ruhig. »Wir haben ihn beschädigt, aber nicht so stark, daß er die Ausfälle nicht beheben könnte. Und dann wird er aus allen Rohren feuern, um uns vom Antlitz dieses Planeten zu fegen.« Er hielt kurz inne und überlegte. »Das ist natürlich ein Szenario für den schlimmsten Fall«, fügte er dann hinzu.

»Wir könnten die Kolonie evakuieren«, schlug Mrs. Greenberg vor.

»In dem Moment, da wir die Planetenoberfläche verlassen, bieten wir uns ihnen als Zielscheiben an«, wandte Worf ein. »Wir haben nur eine Chance: Wir müssen die Phaser-Kanonen reparieren.«

»Aber sie sind schwer beschädigt worden!« hielt Mrs. Greenberg dagegen.

»Ja, ich weiß«, sagte Worf sarkastisch. »Andernfalls müßten wir sie ja nicht reparieren.«

»Das ist nicht möglich!« sagte Dini zögernd.

»Natürlich ist es möglich. Die einzige Frage lautet, ob es in der Zeit möglich ist, die uns zur Verfügung steht.«

»Dann braucht ihr wohl meine Hilfe.«

Worf drehte sich um, als er Tanias Stimme hörte. Sie stand auf der Schwelle und wirkte ein wenig wacklig auf den Beinen, aber sehr entschlossen. Hinter ihr standen Soleta und Professor Trump.

»Du solltest dich ausruhen!« sagte Worf streng.

»Wenn ich unter zwei Tonnen Schutt begraben werde, kann ich mich eine Ewigkeit lang ausruhen.«

»Ihr geht es gut, Worf«, versicherte Soleta ihm. »Zumindest so weit, daß sie tun kann, was getan werden muß.«

»Na schön. In Ordnung. Untersuchen wir die planetarischen Verteidigungssysteme – zumindest das, was von ihnen übriggeblieben ist. Das muß unsere erste Priorität sein – das, und die Hauptgeneratoren wieder in Betrieb zu nehmen. Wir brauchen die zusätzliche Energie, die sie liefern.«

Sie alle gingen hinaus, Worf und Zak als letzte. Aber Worf hielt seinen Zimmergenossen fest, und als er das Wort an ihn richtete, hatte er die Stirn gerunzelt. »Was sollte das heißen?« fragte er.

»Was sollte was heißen?«

»Diese Bemerkung über ›ein Volk, das eine lange Geschichte des Verrats aufweist‹.«

»Ach, das.« Kebron winkte ab. »Er hat mich wütend gemacht, das war alles. Ich hoffe doch, du nimmst das nicht persönlich.«

»Wie sonst soll ich es auffassen? Ich dachte, das hätten wir schon längst hinter uns gelassen, Zak.«

»Das haben wir auch. Du und ich. Aber du bist nicht so wie sie...«

»Doch, Zak. Ich bin wie sie. Ich bin ihnen viel ähnlicher als dir oder Tania oder sonstwem auf diesem Planeten. Und ich möchte dich bitten, mein Volk nicht auf diese Weise zu verleumden.«

»Dein Volk«, sagte Zak aufbrausend, »hat eine Geschichte des ...«

Aber dann hielt er inne.

»Na schön«, sagte er. »Na schön. Ich sehe keinen Sinn darin, damit weiterzumachen, besonders, da wir wahrscheinlich innerhalb von ein paar Stunden tot sein werden.«

»Wenn wir Glück haben«, erwiderte Worf, »überleben wir lange genug, um uns gegenseitig umzubringen.«

»Man darf die Hoffnung nie aufgeben.«

11

»Ohhh, je.«

Der Kommentar kam von Paul Dini, und der Anblick, der sich ihm bot, war dementsprechend.

Die Wucht der Energiestöße hatte die beiden schweren Phaser-Kanonen buchstäblich umgehauen. Jede der beiden Waffen war etwa sechs Meter groß und unglaublich schwer. Sie waren lang und stromlinienförmig und so groß, daß sie an einem Ende über Sitze verfügten, auf denen ein Bediener Platz nehmen konnte, falls er manuell zielen wollte. Aufrecht montiert (wie es bis vor wenigen Augenblicken noch der Fall gewesen war), befanden die Kanonen sich auf Drehtürmen, und ihre bösartigen Mündungen waren durch Schlitze im Kuppeldach des Gebäudes gen Himmel gerichtet.

Worf, Dini, Trump, Zak, K'Ehleyr und Kodash untersuchten die Anlage bestürzt. In dem Gebäude befanden sich des weiteren einige Kolonisten, die frustriert die Schäden betrachteten.

»Wir brauchen Flaschenzüge, irgendein Hebelsystem«, schlug K'Ehleyr vor.

»Dafür haben wir keine Zeit!«

Und dann rief einer der Kolonisten: »Das alles ist eure Schuld!«

Es war ein Terraner gewesen, und er hatte damit einen seiner klingonischen Kollegen gemeint. Der Klingone verzog den Mund zu einem Schnauben, als der Terraner fortfuhr: »Ein klingonisches Schiff hat das angerichtet!«

»Ach was, Waffen der Föderation haben das angerichtet!« schrie der Klingone zurück.

Trump warf Dini einen fragenden Blick zu, doch der zuckte nur hilflos mit den Achseln. »Die Kolonie ist klein. Hier spricht sich so etwas schnell herum.«

Mittlerweile war es zu weiteren hitzigen Wortwechseln gekommen, und dann fielen abrupt zwei Kolonistengruppen übereinander her, Klingonen auf der einen und Terraner auf der anderen Seite. Monate der Verärgerung und Wut bekamen durch die Angst, die ihre mißliche Lage hervorrief, neue Nahrung, und sie schlugen auf den einzigen Feind ein, den sie in die Hände bekommen konnten: sich selbst.

Die Kadetten der Föderation und der Klingonen benötigten eine geraume Weile, um die Streithähne voneinander zu trennen. Nachdem dies geschehen war, ergriff Trump das Wort, und er sprach so laut, so majestätisch, daß er augenblicklich sämtliche Aufmerksamkeit auf sich zog.

»Ihr elenden Narren!« dröhnte er. »Ist euch euer Haß und eure Feindschaft wichtiger als euer Überleben? Der Feind ist nicht hier unten. Er ist dort oben! Er beseitigt in diesem Moment die Schäden an seinem Schiff, und wir müssen davon ausgehen, daß er zurückkommen und sein Werk vollenden wird, welche Gründe auch immer er dafür haben mag, euch anzugreifen! Wollt ihr ihm seine Aufgabe erleichtern? Oder wollt ihr es mit ihm aufnehmen? Zeigt ihm, was es bedeutet, gegen Mitglieder der Föderation und des Klingonischen Imperiums vorzugehen! Ich kam hierher, weil man sich Sorgen über die gemeinsame Zukunft der Klingonen und der Föderation gemacht hat. Da würde ich doch meinen, daß eure größte Sorge eurer eigenen Zukunft gilt, die vielleicht nur noch ein paar Minuten lang währen wird!«

Und plötzlich zog Trump zu Worfs Erstaunen zwei kleine Handphaser unter seinem Umhang hervor. Er trat vor, drückte den einen dem ihm nächsten terranischen Kolonisten in die Hand – bei dem es sich zufällig um Cannelli handelte – und den anderen einem Klingonen, bei dem es sich zufällig um Korm handelte. Dann trat er wieder zurück. »Also schön!« rief er. »Macht schon! Erschießt euch gegenseitig! Das ist mir doch völlig egal!« Und als sie innehielten und völlig verwirrt dreinschauten, fuhr Trump noch lauter fort: »Na los! Schießt! Zeigt den anderen, was für harte Burschen ihr seid! Nur zu! Macht schon, zeigt es euch gegenseitig! Darauf wartet ihr doch schon lange! Also los!«

Korm und Cannelli sahen zuerst einander und dann die Phaser in ihren Händen an.

»Nun?« fragte Trump herausfordernd. »Worauf wartet ihr?«

»Ich werde demjenigen«, sagte Korm heiser, »der aus dem Orbit auf uns schießt, nicht die Befriedigung geben, kampflos zu sterben. Und das erreiche ich nicht, wenn ich Cannelli töte.«

»Wenn *er* nicht schießt, werde ich auch nicht schießen«, sagte Cannelli. »So läuft das nicht.«

»Gut«, sagte Trump und nahm ihnen die Phaser wieder ab. »Dann machen Sie sich an die Arbeit, bevor alles vergebens ist. Sie da drüben, sorgen Sie dafür, daß die Relais wieder funktionieren. Und die anderen versuchen, die Kanonen aufzurichten und in Stellung zu bringen. Na los!«

Die Kolonisten machten sich an die Arbeit, doch Worf und K'Ehleyr traten zu Trump. »Sie sind ein ziemlich großes Risiko eingegangen, Herr Professor«, sagte Worf leise.

»Keineswegs«, erwiderte Trump und nahm einen der Phaser in die Hand. »Die Waffen waren leer; sie verfügen über keine Ladung. Sehen Sie?« Er drehte sich um und drückte auf den Abzug.

Ein hellblauer Blitz schoß aus dem Phaser und bohrte unmittelbar rechts von Zak Kebrons Kopf ein Loch in die Wand. Der Brikar fuhr überrascht herum.

K'Ehleyr und Worf starrten einen verdutzten Trump an.

»Huch.« Mehr fiel ihm in diesem Augenblick nicht ein.

Tania sah sich bestürzt in dem Generatorraum um. Mehrere Phaserschüsse hatten die Relais und Systemleitungen beschädigt. Soleta, Gowr, Kodash und McHenry halfen ihr, die Systeme zu überprüfen.

»Diesen Schaltungen muß unsere oberste Priorität gelten«, sagte Soleta. Sie deutete auf einen bestimmten Teil eines elektronischen Schaltplans, den sie auf einem der noch funktionierenden Computerbildschirme aufgerufen hatte. »Das sind die Untersysteme, die die Phaser-Kanonen mit Energie versorgen. Wenn es uns nicht gelingt, diese Verbindung wiederherzustellen, spielen die anderen auch keine Rolle mehr.«

»Also schön«, sagte Tania scharf. »Mac, Gowr, wir

sorgen dafür, daß der Generator wieder läuft. Soleta, du versucht mit Khard, die Verbindung wiederherzustellen.«

Draußen erklangen Geräusche, eindeutig die eines Streits. Kolonisten brüllten sich gegenseitig an. Khard ging zur Tür. »Wir könnten hier etwas Hilfe gebrauchen!« rief er. »Woran liegt euch mehr? Wollt ihr streiten oder eure elende Haut retten?«

Sekunden später befanden sich sechs weitere Helfer im Generatorraum. Anscheinend gab es wesentlich mehr Kolonisten, die ihre ›elende Haut‹ retten wollten, als solche, die das Streiten vorzogen.

Irgendwo hoch über Dantar IV beendete die Besatzung eines Raumschiffs Reparaturen und wandte ihre Aufmerksamkeit wieder der Planetenoberfläche zu.

»Macht schon!« knirschte Worf durch zusammengebissene Zähne. »Legt euch ins Zeug!«

Die klobige Phaser-Kanone stand noch ziemlich schief in der Landschaft und schwankte bedenklich. Lediglich die gemeinsame Kraft der Kadetten, der Klingonen und einer Reihe von Kolonisten verhinderte, daß sie wieder umfiel.

Zak und Kodash standen nebeneinander und schoben mit ihrer gesamten Kraft. Kodash warf Zak einen Seitenblick zu und stöhnte: »Ich habe gehört... die Brikar sollen... ziemlich kräftig sein...«

»Kräftiger als... ihr Klingonen...«, schnaubte Zak.

»Sie kippt um!« rief Trump, der nicht schob, sondern die Anstrengungen der anderen dirigierte. »Vorsicht! Geht in Deckung!«

Aber davon wollten die anderen nichts wissen.

Sie verdoppelten ihre Anstrengungen und gingen weit über die Grenzen hinaus, die sie zu haben glaubten. Und langsam, ganz langsam, schoben sie die Phaser-Kanone in eine aufrechte Position.

Und dann, so schnell, daß sie es kaum glauben konnten, rastete sie mit einem lauten Knall in ihre Halterung ein. Einen gefährlichen Augenblick lang schien sie in die andere Richtung kippen zu wollen, doch dann sank sie wieder zurück und verharrte an Ort und Stelle.

»Ausgezeichnet! Schaltet sie wieder ein!« Worf schlug schnell auf seinen Kommunikator. »Worf an Tobias. Wie sieht es aus, Tania?«

Im Generatorraum überprüfte Tania verzweifelt die Systeme. »Ich bin mir nicht sicher«, sagte sie. »Frag mich in zehn Sekunden noch mal. Mac! Gowr! Sind wir bereit, die Energie wieder zuzuschalten?«

Die beiden nahmen gemeinsam mit einigen Kolonisten ein paar letzte Überprüfungen vor. »Ich glaube, wir haben ganz gute Chancen«, sagte Mac zuversichtlich. »Aber sehen wir den Realitäten ins Auge – wenn die Dämpfer nicht halten und wir ein Feedback bekommen, fliegt uns der Generator vielleicht um die Ohren. Es kommt also wirklich darauf an, ob du alles in den Griff bekommen hast.«

»Na prima. Tretet alle zurück!« Die anderen taten wie geheißen, obwohl sie wußten, daß Tania diese Warnung nur aus Höflichkeit ausgesprochen hatte. Denn falls die Dämpfer tatsächlich nicht halten sollten, würde nicht nur der Generator, sondern auch etwa ein Quadratkilometer der Ansiedlung auf Dantar IV in die Luft fliegen. Aber sie sah keine andere Möglichkeit. Sie hielt den Atem an, tippte ein paar letzte Befehle in den Computer ein und legte dann einen Hebel um.

Der Hebel rastete mit einem lauten Knacken ein, und einen Moment lang schien rein gar nichts zu passieren. Dann sprang mit einem Geräusch, als würden tausend Tiger gleichzeitig brüllen, der Generator wieder an.

Gedämpfter Jubel erklang.

»Worf! Wir haben wieder Energie!« rief Tania. »Wie sieht es bei euch aus?«

Im Phaser-Gebäude drehte Worf sich zu K'Ehleyr um, die die Systeme überprüfte. »Der Generator ist angesprungen. Wir haben Energie.«

»Aber hier nicht«, sagte K'Ehleyr verdrossen. »Alle Systeme stehen noch auf Null.«

»Tania! Hier sind noch alle Geräte tot!«

Im Generatorraum murmelte Tania einen Fluch und schwang sich von der Brüstung im oberen Bereich des Generators hinab. »Soleta! Was ist mit der Energiekupplung? Die Phaser-Kanone hat noch keinen Saft!«

»Ich überprüfe gerade die Untersysteme. Aha!«

»Was, aha?«

»Ich habe den Bruch in der Kupplung gefunden. Leitung Fünf, Sektion Dreizehn-B.«

»Kannst du die Energie umleiten?«

»Nein«, sagte Soleta. »Das muß ich manuell machen.« Sie ging schnell durch den Raum und öffnete die Verschalung eines Lüftungsschachts, der zu den Energieleitungen führte. »Hol mir einen Werkzeugkasten! Schnell!«

»Laß mich das machen«, sagte Tania.

Aber Soleta schüttelte den Kopf. »Ich will dich nicht kränken, Tania, aber dafür braucht man einen

kühlen Kopf. Du bist eine wertvolle Technikerin, aber du neigst leider dazu, dich zu schnell aufzuregen. Auf mich trifft dies nicht zu. Außerdem wirst du hier gebraucht, um die Systeme zu überwachen und die Energie zu den Waffen umzuleiten. – Danke.« Die letzte Bemerkung galt Gowr, der ihr einen Werkzeugkasten gegeben hatte. »Ich bin bald zurück.«

Gowr zögerte einen Augenblick lang, und dann sagte er knirschend: »Viel Glück.«

»Glück?« Soleta betrachtete ihn neugierig. »Was für ein völlig belangloser Begriff.«

Dann befestigte sie den Werkzeugkasten an ihrem Gürtel und kletterte in den Schacht.

Der war zwar ziemlich schmal, aber keineswegs zu eng. Sie kroch schnell voran, schob sich auf den Ellbogen vor und betrachtete die sie umgebenden

Schaltkreise. Der Schacht führte direkt zu der Waffenmatrix, in der irgendwo ein Verbindungsstück beschädigt worden war, durch das Energie floß. Sie mußte es reparieren, und zwar schnell.

Sie hatte ihren Kommunikator auf Dauerbetrieb umgestellt und sprach mit ruhiger, gebieterischer Stimme. »Ich nähere mich der Quelle des Problems. Ich habe Sektion Dreizehn-A erreicht... Sektion Dreizehn-B. Ich befinde mich an der Stelle, an der das Problem auftritt.« Sie hielt eine Taschenlampe hoch und betrachtete die Verbindungsstücke. »Anscheinend führte der Angriff zu einer Überladung einer der Kupplungen. Es sollte nicht lange dauern, sie mit einem Phaser-Lötgerät zu reparieren.«

»Dann fang damit an«, erklang Tanias Stimme aus dem Kommunikator.

Soleta zog eine Braue hoch und nahm das Lötgerät aus dem Werkzeugkasten. »Das war meine Absicht.«

Sie machte sich an die Arbeit.

Und dann hörte sie es. Das Geräusch von Phaserschüssen, die die Planetenoberfläche aufrissen.

»Das«, sagte sie, »ist ein äußerst unglücklicher Zeitpunkt.«

12

Völlig davon überzeugt, daß die Kolonie sich nicht verteidigen konnte, näherte sich das angreifende Raumschiff der Planetenoberfläche, um eine weitere Salve abzufeuern.

Während überall um ihn herum Explosionen erklangen, brüllte Worf in seinen Kommunikator: »Tania! Wir brauchen dringend Energie für die Waffen!«

Tania wiederum rief in ihren Kommunikator: »Soleta! Mach schnell!«

Soleta ihrerseits hörte die Schüsse, die Schreie, den Klang der fliehenden Schritte. Sie ließ sich jedoch nicht von der Reparatur ablenken, die sie peinlich genau fortsetzte. »Nur noch einen Augenblick«, sagte sie ruhig.

»Diesen Augenblick *haben* wir vielleicht nicht mehr!« erwiderte Tanias Stimme über den Kommunikator.

Im Waffenraum drehte Worf sich zu K'Ehleyr um. »Irgendeine Veränderung der Werte?« rief er.

»Nein!« erwiderte die Klingonin, die an den Zielerfassungs- und Feuerkontrollen stand. »Wir haben noch immer keine Energie!«

Plötzlich fegte eine Druckwelle über sie hinweg, und das Gebäude erzitterte.

K'Ehleyr sah gerade noch rechtzeitig auf, um einen großen Brocken der Decke auszumachen, der genau auf sie zu stürzen drohte. Und dann prallte jemand gegen sie und warf sie zur Seite. Es war Professor Trump, der erkannt hatte, daß sie das Deckenfragment zu spät bemerken würde, und sich so schnell bewegte, wie er konnte.

Aber nicht schnell genug, um dem Brocken zu entgehen. Er schrie auf, als das Deckenfragment ihn unter sich begrub.

Und dann war Zak Kebron da und gab dem Professor mit seinem großen, schweren Körper Schutz. Der Rest des Schutts prallte von dem Brikar ab, wodurch Trump vor weiteren Verletzungen verschont blieb. Doch die, die er bereits erlitten hatte, waren so schwer, daß er das Bewußtsein verloren hatte.

»Bring ihn in Sicherheit!« übertönte Worf den Lärm der Phaserschüsse, die noch immer über ihnen erklangen.

»Sicherheit? Es gibt hier keinen sicheren Ort!« erwiderte Kodash.

Worf antwortete nicht. Statt dessen sprang er zu den Zielerfassungssystemen hinauf.

Über ihnen ertönte ein gewaltiger Knall. Durch das klaffende Loch in der Decke sahen sie das Raumschiff nun mit eigenen Augen. Die weit ausgebreiteten Schwingen klassifizierten es eindeutig als klingonisches Modell. Zweifellos hatten die Schiffssensoren den Angreifern verraten, daß die planetarischen Verteidigungssysteme nicht mit Energie versorgt wurden. Die Kolonie Dantar IV war hilflos, und die Invasoren wollten ihr den Todesstoß versetzen.

»Tania!« rief Worf über den Kommunikator.

»Soleta!« rief Tania über den Kommunikator.

Und in dem Versorgungsschacht lötete Soleta die letzte Schaltung. Überall um sie herum wurden Energiegitter aktiviert.

»Die Kupplungen sind ausgebessert und funktionstüchtig«, sagte Soleta so ruhig, als würde sie über das Wetter sprechen. »Ich wiederhole, ihr habt Energie. Feuer frei.«

Worf hatte die Energiekontrollen finster angestarrt, als wolle er sie durch reine Willenskraft zum Leben erwecken. Der automatische Zielsucher hatte den Angreifer erfaßt, doch die Phaser-Kanone verfügte über keine Energie. Und plötzlich sprangen die Zeiger, die zuvor ganz unten im roten Bereich gelegen hatten, mit einem Satz nach ganz oben in den grünen Bereich; mehrere Lämpchen blitzten auf und zeigten an, daß die Kanone feuerbereit war.

Er hörte Tanias triumphierenden Schrei: »Worf! Wir haben Saft! Jetzt!«

Bolzen kreischten protestierend auf, als Worf die Faust auf den Auslöseknopf rammte. Die Phaser-Kanone gab ein schrilles Geräusch von sich, das in den Ohren der Personen schmerzte, die ihr zu nahe standen. Doch ihre Schreie gingen in dem Lärm der entfesselten Energie unter.

Als die Phaser-Kanone wieder über Energie verfügte, blieb dem Angreifer nicht einmal eine Zehntelsekunde Zeit zum Reagieren, und das war auch für die automatischen Systeme viel zu knapp. Der Strahl der Kanone zog über das Heck des Schiffes und riß aufgrund der relativen Nähe den Schild auf, als wäre er aus Seidenpapier. Einen kurzen Moment lang sank der Energiepegel wieder, und Worf kämpfte seine Panik nieder. Doch die Systempuffer, die Tania eingebaut hatte, setzten sofort ein und verhinderten eine Überladung; erneut strömte Energie in die Phaser-Kanone.

Ein weiterer dicker Strahl durchschnitt die rechte Antriebsgondel und riß sie vom Rest des Schiffes ab. Der Angreifer drehte sich hilflos um die eigene Achse und raste der Wüste entgegen. Lange Augenblicke später hallte das Geräusch eines ohrenbetäubenden Aufpralls über Dantar IV, und dann das von sich verzerrendem Metall.

Heiserer Jubel brandete auf, verstummte aber schnell wieder, als die Kolonisten das Schluchzen und Schreien ihrer Gefährten hörten, die sich außerhalb des Gebäudes aufhielten, und dicke, schwarze Rauchwolken den Gestank eines Brandes hereintrugen.

»Worf!« rief K'Ehleyr. Er lief zu ihr und kniete neben ihr nieder. Sie hielt den blutenden Kopf Professor Trumps in ihrem Schoß und sah besorgt zu dem Klingonen auf. »Wenn er nicht sofort ärztlich versorgt wird, schafft er es wohl nicht.«

Dini kam zu ihnen hinüber. »Ärztliche Versorgung wird ein Problem werden«, sagte er. »Die Krankenstation wurde bereits bei dem ersten Angriff getroffen. Ich habe nicht die geringste Ahnung, was von ihr noch übrig ist. Wahrscheinlich nichts mehr.«

Zak sah Worf an und sprach aus, was sie bereits wußten: »Wir haben es noch nicht geschafft, oder?«

Worf schüttelte den Kopf. »Nein. Noch lange nicht.«

Es herrschte eine Atmosphäre der mühsam kontrollierten Panik.

Überall brannten Gebäude und riefen Kolonisten um Hilfe. Als Worf ein hilfloses kleines Mädchen in Sicherheit trug, bildete er sich einen Augenblick lang ein, wieder auf Khitomer zu sein. Damals hatte er die Welt durch die Augen eines Kindes gesehen; nun war er erwachsen, aber die Sicht der Welt durch reife Augen stellte keine besonders große Verbesserung dar.

Mit gemeinsamen Kräften gelang es ihnen, die Brände zu löschen und die Verschütteten aus den eingestürzten Gebäuden zu befreien.

Khard und Dini warteten im Überwachungsgebäude auf sie, und Dini kam sofort zur Sache. »Es ist hoffnungslos«, sagte er. »Es ist ein Wunder, daß es keine Toten gab. Ich kann Ihnen versichern: Hätte der Angriff nur eine halbe Minute länger gedauert, hätte es Todesfälle gegeben. Aber zahlreiche Kolonisten sind verletzt worden, mindestens die halbe Bevölkerung. Die meisten unserer Vorräte sind vernichtet worden. Unsere hydroponischen Farmen wurden zerstört. Das Getreide ist verbrannt. Sogar unsere Subraum-Kommunikationsanlage wurde zerstört. Wir können lediglich von Bord der Schiffe auf der Landebahn Hilfe rufen, und deren Funkgeräte sind schwach und haben nur eine kurze Reichweite. Wer weiß, wie lange ein Subraum-Funkspruch unterwegs ist, bis er von jemandem empfangen wird.«

»Mein Kollege war nie für übermäßigen Optimismus bekannt«, sagte Khard, »aber in diesem Fall muß ich ihm beipflichten. Die Kolonie ist zur Zeit unbewohnbar. Wenn wir nicht bald Hilfe für unsere Verwundeten bekommen, wird es doch noch etliche Todesfälle geben.«

»Und dazu gehört auch Ihr Professor Trump«, sagte Dini.

»Was schlagen Sie also vor?« fragte Worf.

»Wir müssen unsere Leute so schnell wie möglich von hier wegbringen«, erwiderte Dini. »Wir haben genug Schiffe, um die Kolonisten zu transportieren. Sie in einen sicheren Hafen zu bringen. Aber ...«

Er hielt inne, und Soleta hatte keine Schwierigkeiten, den Satz für ihn zu vollenden. »Aber Sie haben nicht genug Platz, um alle von diesem Planeten zu bringen. Einige müssen zurückbleiben.«

»Für neun Personen haben wir keinen Platz«, bestätigte Dini. »Neun Personen werden zurückbleiben müssen. Ich werde natürlich dazu gehören.«

»Nein«, sagte Worf nachdrücklich. »Sie sind ihr Anführer. Sie werden gebraucht.«

»Ein Kapitän geht mit seinem Schiff unter.«

»Sie sind kein Kapitän, Mr. Dini«, erwiderte Worf. »Und das ist auch kein untergehendes Schiff. Das ist ein Planet, das sind Kolonisten, und sie brauchen Sie viel dringender, als eine zerstörte Kolonie Sie braucht.«

»Er hat recht«, sagte K'Ehleyr. »Und dasselbe Argument gilt auch für Sie, Khard.« Sie hielt inne. »Also neun Personen? Nun gut. Ich, Gowr und Kodash werden hierbleiben und auf Hilfe warten. Das sind drei.«

Worf drehte sich langsam um und betrachtete die restlichen Mitglieder des Dream Teams. Ihre Blicke waren auf ihn gerichtet, und einen Augenblick lang konnte er ihre Gedanken nicht deuten. Doch dann nickte Soleta, und die anderen taten es ihr gleich. Er war ungeheuer stolz auf sie.

»Meine Leute werden ebenfalls zurückbleiben«, sagte Worf. »Das wären acht. Werden acht Personen genügen, Mr. Dini?«

»Aber das ist nicht fair!« protestierte Dini. »Wir sollten... wir sollten es anders regeln. Streichhölzer ziehen, oder so...«

»Ich sehe in einer zufälligen Auswahl nicht den geringsten Vorteil«, sagte Soleta. »Sie sind als Kolonistengruppe gekommen, und als Gruppe sollten Sie auch abfliegen. Für uns gilt ein ähnlicher Grundsatz. Wir sind qualifiziert, und wir sind ausgebildet worden, unter den widrigsten Umständen zu überleben. Ihre Leute sind Farmer, Wissenschaftler, Kolonisten. Wir hingegen sind Angehörige von Starfleet.«

»Und wir sind ausgebildete Krieger«, sagte Gowr. »Keine zufällige Auslosung kommt gegen die einfache Logik an, daß wir zurückbleiben sollten.«

»Die einzige noch offene Frage, Mr. Dini, lautet: Genügt es, wenn acht Personen zurückbleiben?« sagte Worf.

Dini seufzte. »Wahrscheinlich. Das zusätzliche Gewicht macht den Start etwas schwieriger, aber wir müßten es eigentlich schaffen.«

»Also gut«, sagte Worf. »Das wäre geregelt. Trommeln Sie Ihre Leute zusammen. Je eher Sie aufbrechen, desto besser ist es für Sie alle, und desto besser sind Ihre Chancen.«

Die Kolonisten bestiegen die Shuttles. Alle hatten nur leichtes Gepäck mitgenommen, denn keiner wollte überflüssiges Gewicht mit an Bord bringen, und der Großteil ihrer Besitztümer war sowieso vernichtet worden.

Die Kadetten und K'Ehleyr sahen zu, wie Trump auf einer Trage zu einem Shuttle gebracht wurde. Er war bis zu diesem Moment bewußtlos gewesen, doch nun flatterten seine Lider, und dann öffnete er die Augen. Worf und K'Ehleyr gingen zu ihm, und er sah zu ihnen hoch. Er schien nicht genau zu wissen, wo er war.

»Versuchen Sie, nicht zu sprechen, Sir«, sagte Worf, als sie neben ihm zum Shuttle gingen. »Sie wurden verletzt. Man wird sich um Sie kümmern.«

Trump sah ihn kaum an. Statt dessen betrachtete er K'Ehleyr. »Sind Sie ... in Ordnung?« flüsterte er mit aufgerissenen und blutenden Lippen.

»Ja«, sagte sie. »Dank Ihnen bin ich nicht verletzt worden.«

»Gut.« Seine Stimme war kaum verständlich. »Wenn Alexander Trump jemanden rettet, macht er es auch gründlich.«

»Ich werde mich an Sie erinnern, Alexander Trump«, sagte sie. »Genesen Sie schnell.«

Er versuchte zu lächeln, doch es gelang ihm nicht. Statt dessen fiel sein Kopf zurück, und einen Moment lang befürchtete Worf, er sei tot. Doch dann sah er, daß sich Trumps Brust langsam, wenn auch unregelmäßig, hob und senkte, und er wußte, daß Alexander Trump zumindest für den Augenblick noch unter den Lebenden weilte.

Dini und Khard gingen zu den beiden Gruppen hinüber, die freiwillig zurückbleiben wollten.

»Also gut, hören Sie zu«, sagte Dini. »Das Wohnheim am östlichen Innenhof ist erhalten geblieben. Sie werden also keine Schwierigkeiten haben, eine Unterkunft zu finden. Ähnlich sieht es mit den Energievorräten aus. Für Sie spricht, daß Sie nur wenige sind. Der Generator wurde ziemlich mitgenommen, und die Notrationen sind knapp. Aber Sie benötigen nur wenig Energie, und da Sie so wenige sind, werden Sie mit den Vorräten ein paar Wochen lang auskommen.«

»Also sind die Grundlagen für unser Überleben vorhanden«, sagte Zak zuversichtlich.

»Aber ein grundlegendes Problem gibt es, Brikar«, sagte Khard und deutete auf die Shuttles. »Wir gingen von der Voraussetzung aus, daß die Raumschiffe verschont blieben, weil die Angreifer sie später für ihre Zwecke benutzen wollten. Es gibt jedoch noch eine andere Möglichkeit.«

»Eine sehr logische«, sagte Soleta. »Diese Möglichkeit wäre, daß die Angreifer die Shuttles nicht beschädigt haben, weil sie wollten, daß die Kolonisten den Planeten mit ihnen verlassen. Und in diesem Fall...« Sie führte den Satz nicht zu Ende.

»Wäre der Angriff nicht zufällig erfolgt, sondern von langer Hand vorbereitet«, wurde Worf klar. »Und sollte dies tatsächlich der Fall sein, wäre unser größtes Problem nicht die Unterbringung oder die Nahrung, sondern der Plan, den die Angreifer in Gang gesetzt haben.«

»Unsinn«, sagte Kodash zuversichtlich. »Sie haben uns angegriffen, und wir haben den Sieg davongetragen.«

K'Ehleyr ignorierte ihn, als sie sich an Khard wandte. »Wir werden uns verhalten, wie es sich für klingonische Krieger schickt...«

»Und für Starfleet-Personal«, fügte Worf hinzu.

Khard betrachtete die drei Klingonen. »Erweisen Sie Ihrem Imperium Ehre. Für dieses tapfere Opfer wird man sich immer an Sie erinnern.«

Tania trat an Worfs Seite. »Warum sprechen sie von uns, als wären wir schon tot? Ich meine, wir werden es doch schaffen, oder?«

K'Ehleyr hatte sie gehört und drehte sich zu ihr um. »In jeder Phase des Lebens gibt es Risiken«, sagte sie etwas hochmütig. »Das verstehst du doch bestimmt.«

»Natürlich verstehe ich das«, erwiderte Tania. »Es ist nur so...« Und dann sah sie Worf an, der sie genau musterte, und kam plötzlich zum Schluß, daß es besser wäre, einfach den Mund zu halten. Also sagte sie nur: »Ich gehe gern jedes Risiko ein, das nötig ist, um die Sicherheit von anderen zu gewährleisten.«

»Gut gesprochen«, sagte Khard.

Tania kämpfte gegen den Drang an, K'Ehleyr die Zunge herauszustrecken.

»Also schön«, sagte Dini. »Mir bleibt nur noch übrig, Ihnen viel Glück zu wünschen, Kadetten. Viel Glück, befreundete Klingonen. Mit etwas Glück wird Ihre Ausdauer nur auf eine kurze Probe gestellt. Eine Woche, höchstens zwei.«

Er drehte sich um und ging auf die Shuttles zu. Khard blieb nur so lange stehen, um ihnen einen letzten Gruß darzubringen, und ging dann ebenfalls davon.

Ein Shuttle nach dem anderen hob sich mit donnernden Triebwerken in die Luft und strebte dann himmelwärts. Die letzten verbleibenden Bewohner von Dantar IV standen da und sahen ihnen nach, bis die Shuttles nur noch kleine Punkte am Horizont waren.

Das Star Trek Universum

Seit dreißig Jahren ist Star Trek weltweit auf dem Gebiet der Science Fiction ein Erfolg ohnegleichen, im Kino, im Fernsehen, im Rollenspiel und in den Printmedien.

Das Star Trek Universum von Ralph Sanders bietet als erstes deutsches Handbuch einen umfassenden und detaillierten Überblick zur erfolgreichsten Multimedia-SF-Serie der Welt.

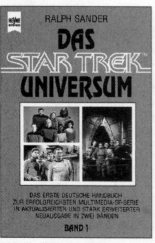

06/5150 · (2 Bände, 1338 Seiten)

Wilhelm Heyne Verlag
München

Star Trek
Die Classic Serie

Seit den 60er Jahren dringt die Enterprise unter dem Kommando von Captain James T. Kirk in die unerforschten Tiefen der Galaxis vor. Ihre Crew schlichtet Konflikte, entschlüsselt die Geheimnisse des Universums und sichert die friedliche Koexistenz der Föderation mit den benachbarten Imperien.

06/5273

Eine Auswahl aus über
50 lieferbaren Bänden:

Peter Morwood
Angriff auf Dekkanar
06/5147

Carolyn Clowes
Das Pandora-Prinzip
06/5167

Michael Jan Friedman
Schatten auf der Sonne
06/5179

Diane Duane
Die Befehle des Doktors
06/5247

V.E. Mitchell
Der unsichtbare Gegner
06/5248

Wilhelm Heyne Verlag
München

Star Trek

Die nächste Generation

Das Raumschiff Enterprise unter dem Kommando von Captain Kirk ist bereits Legende. Knapp ein Jahrhundert später setzt Captain Picard mit einer neuen Crew, einem neuen Schiff und neuen Abenteuern die Tradition fort.

06/5142

Eine Auswahl aus über 25 lieferbaren Bänden:

Peter David
Eine Lektion in Liebe
06/5077

Howard Weinstein
Die Macht der Former
06/5096

T.L. Mancour
Spartacus
06/5158

Bill McCay/Eloise Flood
Ketten der Gewalt
06/5242

V.E. Mitchell
Die Jarada
06/5279

Wilhelm Heyne Verlag
München